ABREGÉ

DES

PIÈCES JUSTIFICATIVES

De plusieurs épreuves faites en France, en Angleterre, à Liége, en Pologne, &c., &c. des poudres de M. DE GODERNAUX, chevalier de l'ordre royal et militaire de S. Louis, ancien capitaine de Dragons de la légion royale.

* * * * * * *
* * * * * *
* * * * *
* * * *
* * *
* *
*

A PARIS,

CHEZ L'AUTEUR, rue de Paradis, n°. 5, au marais, où on donnera cette brochure, avec plaisir, aux personnes qui la désireront.

———

1790.

INTRODUCTION NÉCESSAIRE.

UNE multitude d'expériences heureuses, faites par ma famille, et par moi-même, m'ont prouvé jusqu'à l'évidence, que les poudres connues sous mon nom, sont un spécifique dans un grand nombre de maladies contre lesquelles les secours ordinaires de l'art de guérir, ont été et sont encore impuissans.

Les cures surprenantes, opérées par ce spécifique ; l'économie qui pouvoit en résulter pour le traitement des soldats ; la facilité inappréciable de les traiter en route, en campagne, sous leurs drapeaux, en garnison, dans les chambrées, sans les assujétir à un régime particulier ; ces considérations étoient bien propres à engager un ancien militaire, de présenter au gouvernement, les avantages qui résulteroient de l'adoption de ce remède, pour le traitement économique des troupes du Roi.

Mais en cédant aux impulsions d'un patriotisme héréditaire dans ma famille, je ne me

A

INTRODUCTION

dissimulai point la force des préjugés contre les découvertes les plus utiles à l'humanité, et je prévis à l'avance les intrigues de la cabale, les efforts combinés des hommes jaloux, et la masse d'ennemis que j'aurois à vaincre, pour faire triompher la vérité de l'erreur, l'amour du bien public, de l'égoïsme individuel.

Tout ce que j'avois prévu est arrivé; mais indépendamment de ces obstacles renaissans, il étoit difficile de parvenir à fixer l'attention du ministère sur cet objet important, par une simple assertion des cures opérées par mon remède. Le témoignage même des hommes les plus dignes d'être crus sur leur parole, celui de mes anciens camarades, auroit pu laisser encore des doutes à l'administration (1).

---

(1) J'avois une compagnie dans la LÉGION ROYALE, composée, ainsi que les onze autres compagnies qui formoient ce corps, de 50 dragons et de 75 fusiliers. Mes anciens camarades ont été témoins que, pendant les campagnes de Hanovre, je traitois moi-même les soldats et dragons de ma compagnie, et que je n'envoyois aux hôpitaux que les blessés, ensorte que j'avois toujours ma troupe sous les yeux et sous la discipline du corps. Cet avantage si précieux pour le maintien de l'ordre, épargnoit à l'administration les frais ruineux des journées d'hôpitaux, et aux soldats malades, la contagion de ces hospices, et les suites ordinaires des mauvais traitemens si communs dans les armées.

Les démarches que je me proposois de faire auprès du gouvernement, furent retardées par la circonstance suivante.

Vers la fin de l'année 1769, un anglois de mes amis, me sollicita pour faire le voyage de Londres, et je me rendis à ses sollicitations. Je profitai de mon séjour dans cette capitale, pour y faire faire une expérience de mon remède, sur 67 dragons des chevaux-légers de la reine. Le lord de *Rochefort*, alors ministre de la guerre, agréa mon projet, et fit choisir les malades dans les cazernes de *Kingston*. On trouve les résultats de cette expérience, à la page 28. de cette brochure.

De retour en France, je mis en 1772, sous les yeux de M. de Monteynard, le résultat des expériences faites à Londres. La réponse de ce ministre, fut la proposition *de lui envoyer mon secret, et qu'il le feroit examiner* (1).

---

(1) Sur le refus de communiquer la composition de mon spécifique, M. de Monteynard m'écrivit la lettre suivante, datée du 21 octobre 1772.

» Je vois, monsieur, par votre lettre du 26 du mois dernier, que vous n'êtes pas disposé à donner la composition de votre remède, que vous prétendez être efficace pour la guérison des écrouelles, et pour

J'étois trop attaché à une découverte aussi utile, pour accepter la proposition indiscrette de ce ministre : l'abus eût été trop pres de là chose. Résolu de garder un secret que je n'ai encore confié à personne, je me décidai à attendre une circonstance plus favorable. Je fis les mêmes démarches auprès de M. de *Saint-Germain* ; elles furent encore infructueuses.

En 1778, je proposai à M. de *Lassone*, premier médecin du roi, de faire faire à mes frais, une expérience sur huit vénériens tirés de Bicêtres, et de nommer les médecins qu'il jugeroit les plus propres à suivre cette expérience, dont ils lui rendroient compte. M. de *Lassone* nomma MM. *Gaulard*, médecin ordinaire du roi et de l'hôpital-général ; *Portal*, professeur en médecine au Collège Royal, et *Faguer*, second chirurgien de Bicêtre. Le résultat de cette expérience est consigné à la page première et suivantes.

purifier la masse du sang, quoique je vous aie assuré que le secret de cette composition ne seroit pas divulgué....»

Tel est en général, l'accueil que l'on faisoit alors aux découvertes les plus importantes. Si j'avois indiqué le moyen de tuer un grand nombre d'hommes, dans le moins de temps possible, il est probable qu'on m'auroit accueilli et récompensé.

En 1780, j'eus plusieurs conférences à ce sujet avec M. le prince de Montbarrey, qui comprit parfaitement l'utilité et l'économie de mon remède pour le traitement des troupes du roi. Ce ministre intelligent me dit de faire un mémoire détaillé, pour le mettre sous les yeux du roi. Sa majesté l'approuva par un BON, écrit de sa main, pour qu'il eût son entière exécution.

En conséquence, le ministre envoya des ordres à Lille en Flandre, à l'effet de choisir et de rassembler cinquante soldats attaqués de maladies vénériennes les plus graves, et de préférer celles qui n'avoient pas été guéries par les traitemens ordinaires. Le nombre de ces vénériens fut réduit à trente-six par les manœuvres de quelques *chirurgiens*, qui répandirent le bruit *que les soldats choisis seroient les victimes des essais qu'on vouloit faire sur eux.*

Les ordres du médecin, chargé de leur administrer mon remède, portoient : « qu'il suivroit mes instructions à la lettre, et qu'il ne leur administreroit aucun autre remède ».

Il étoit enjoint à M. *Laverand*, lieutenant, commandant ce détachement, « de se rendre de Lille à Toulon, de conduire sa troupe, conformément à sa route marquée par étape, de marcher deux jours de suite, et de se reposer le troisieme ». Ce jour de repos étoit destiné à faire prendre à chaque malade une prise de mon remède.

La veille du départ de Lille , chacun d'eux en commença l'usage ; et l'on exécuta ponctuellement ces ordres , jusqu'à l'arrivée du détachement à Toulon , sans éprouver aucun retard dans la marche , malgré la froidure de la saison, et des pluies presque continuelles. On avoit fait courir le bruit que ces soldats étoient morts en route , à l'exception de cinq. Ils arrivèrent tous guéris , ou presque tous guéris , comme il en conste par un procès-verbal authentique.

Mais l'état certifié de leur guérison ne me parut pas suffisant pour démontrer jusqu'à l'évidence , la supériorité de mon remède , sur tous les remèdes connus et employés pour le traitement des maladies vénériennes. On pouvoit m'objecter que la prétendue guérison n'étoit qu'apparente ; et pour ne laisser aucun retranchement aux détracteurs du remède , je déterminai le ministre à envoyer les trente-six convalescens à la citadelle de Marseille , où ils séjourneroient pendant deux mois , pour constater la solidité de leur guérison.

A leur arrivée et à leur sortie de Marseille ,

on dressa des procès-verbaux qui confirment celui de Toulon.

Je portai la délicatesse plus loin encore : je priai le ministre de faire venir ce détachement à Saint-Denis, pour y être visité par tous les médecins et chirurgiens renommés de Paris et de Versailles. Voyez la page 3 et suivantes.

Ce fut à cette époque que M. le prince de *Montbarey* quitta le ministère , et fut remplacé par M. le maréchal de *Ségur*.

Après une expérience aussi solemnelle que convaincante , expérience dont les fastes de la médecine ne fournissent point d'exemple , je devois croire avoir rempli ma promesse et les vues du gouvernement. J'étois dans l'erreur. L'envie , triste amante des morts , ne pardonne pas aux vivans qui se distinguent en quelque genre que ce soit ; elle aboye constamment à la porte de la célébrité. Ses cris persuadèrent au nouveau ministre qu'il falloit faire une épreuve permanente à Metz de mon remède , pour s'assurer s'il agiroit aussi efficacement sur des personnes en repos , que sur des hommes fatigués par une route de 260 lieues , exposés aux intempéries de l'air , aux changemens d'alimens et de boissons fournies par les étapiers , etc. ; tels furent les insinuations & les prétextes de ces hommes vils et absurdes qui entourent

les ministres , qui cherchent constamment à
éloigner d'eux les gens de bien qu'ils calom-
nient , parce que la nature a voulu que les vi-
pères fussent tous des reptiles.

M. de *Ségur* ordonna donc de rassembler
dans la citadelle de Metz , un nombre de vénériens , pris dans la garnison : on choisit 46
des plus maléficiés ; on les divisa par chambrées ; on donna ordre de leur faire faire leur
service , et de les traiter d'après ma méthode.

Les moyens qui furent employés pour faire
manquer cette expérience sont inouis , et presque incroyables. *Voyez la page 17 et suivantes.*

Les moyens de la cabale et de l'intrigue furent impuissans. Je n'avois jamais parlé à ce
ministre ; je ne l'avois jamais sollicité par écrit,
en faveur de mon remede, et cependant je reçus
de lui, avec l'adoption que le roi faisoit de ce
spécifique , les lettres que l'on trouve aux pages
19 & 20.

Dans une de ces lettres , en date du 8 novembre 1781, page 20, il est dit: « afin d'effectuer ces dispositions , vous voudrez bien indiquer la personne que vous jugerez convenable
de charger du dépôt de ce remède , et à laquelle
je donnerai ordre de faire les envois qui seront
demandés. »

Tout Paris a été informé dans le tems des raisons puissantes qui m'obligèrent à révoquer ce premier agent ; son infidelité et son ingratitude sont consignées et prouvées dans mes mémoires répandues dans cette capitale.

C'est à cette époque que le sieur *Andrieu* parut sur la scène, et qu'instruit de mes griefs, il se présenta chez moi. Mais d'après l'infidélité que je venois d'éprouver , il étoit prudent de me tenir sur la défensive : quoique alors , je n'eusse aucun motif particulier pour recevoir ou renvoyer le sieur *Andrieu* , je lui fis refuser plusieurs fois ma porte : ces refus ne le rebutèrent point ; on ne connoît pas la honte lorsqu'on ne connoît pas l'honneur.

Le sieur *Andrieu* , persuadé que la persévérance pioduiroit l'effet desiré , trouva le moyen d'intéresser mes amis en sa faveur ; je cédai à leurs sollicitations. *Trop heureux,* disoit-il, *de pouvoir obtenir la faveur qu'il desiroit si ardemment , il les laissoit les maîtres de conclure avec moi , aux conditions que je voudrois mettre au traité* (1).

____

(1) Je soussigné déclare que j'abandonne à M. Andrieu exclusivement la vente et le debit de ma poudre anti-vénérienne pour la ville , fauxbourgs et banlieue

La persévérance du sieur *Andrieu* me toucha, et les sollicitations de mes amis me détermi-

---

de Paris, ainsi que dans les provinces du royaume et dans tous les pays étrangers, à l'exception de l'angleterre, pays de Liége, et les provinces de France, du Lyonois; Lille, Nantes, Avignon, Metz, Saint-Domingue, Franche-Comté et la Martinique, dans lesquels lieux je me réserve les fournitures de poudre, sans préjudice de celles qui seront demandées et fournies par M. Andrieu, et dans le cas que le roi de France ou toute autre puisssance étrangère, veuille traiter avec moi pour faire usage de mon remède à leurs troupes, soit que je les fournisse, ou que je les fasse fournir par M. Andrieu, je lui accorde un tiers de bénéfice, relatif au prix qu'elles seront fournies auxdites puissances. D'ailleurs toutes les doses de poudre que M. Andrieu vendra dans les lieux de son ressort, ou autres à lui demandés, sont fixées à quarante huit sols la dose, sans qu'il puisse en augmenter ni en diminuer le prix qu'autant qu'il en sera convenu entre nous à cet égard. Sur lesquels quarante-huit sols, j'abandonne à M. Andrieu vingt sols par chaque dose, pour ses honoraires, et M. Andrieu s'oblige de me faire compte des vingt-huit sols restans, tous les quinze jours; et à chaque livraison que je lui ferai il m'en fournira son récépissé. Convenu encore que nous formerons différens dépôts de distribution du remède anti-vénérien dans les provinces, pays étrangers, autres que ceux énoncés ci-dessus, par des personnes connues et agréés de moi, de Godernaux, et que nous leur accorderons les bénéfices dont nous conviendrons ensemble pour ladite vente.

Aussi arrêté que tous les frais d'impression, papier,

nèrent dans la persuasion où j'étois, que le premier devoir d'un homme à qui on confie ce qu'il y a de plus cher au monde, la santé et la vie même, étoit de se conformer, dans toutes ses actions, aux règles de la plus exacte probité.

Je me trompois : mais l'homme honnête juge les autres d'après lui-même. En partant de ce principe, je ne m'occupai plus, dans mon laboratoire, que des moyens de fournir au sieur *Andrieu* les quantités de poudre nécessaires à la consommation journalière. Voilà des faits incontestables (1).

---

reliure, frais de la petite et grande poste, ou abonnement pour la publicité dans les provinces, tous ces frais faits ou à faire relativement au remède antivénérien énoncé, seront et demeureront faits pour notre compte commun, et ne pourront se faire que de concert entre nous ; les frais déja faits seront prélevés sur la vente du remède et premier produit.

Je soussigné promets tenir tous les engagemens ci-dessus. A Paris, ce 17 août 1782.

Signé ANDRIEU.

(1) Depuis le 17 août 1782, jusqu'au premier octobre 1789, j'ai fourni au sieur *Andrieu* cent trente-six mille cinq cent cinquante prises de poudre. Qui pourroit se persuader, que d'après les bénéfices im-

 INTRODUCTION

Les expériences et les épreuves dont j'ai fait mention suffisoient, et au-delà, à tout homme qui n'auroit consulté que son intérêt particulier ; mais la guérison des malades et l'économie des finances me sollicitoient à démontrer l'efficacité de mon remède par des épreuves nouvelles et des succès toujours renaissans. Je me déterminai donc à envoyer une certaine quantité de mes poudres au sieur *Duparc*, chirurgien à Metz, pour être employées à des expériences dont on verra le résultat aux pages 20, 21 et suivantes.

Ne négligeant aucune occasion de soumettre mon remède aux épreuves les plus rigoureuses, je crus devoir en envoyer à Liége, pour que le collège de médecine de cette ville en observât les effets salutaires. Les succès des expériences faites par des médecins éclairés, par les hommes de la chose, par des juges compétens et impartiaux, m'a mérité l'approba-

---

menses que ce distributeur a faits, il se soit rendu coupable d'une *contrefaction* qui a immolé des victimes à sa cupidité ? Cette contrefaction a été juridiquement prouvée ; et, il résulte de ces preuves, que le sieur *Andrieu* s'est rendu tout à la fois coupable de la plus noire ingratitude, d'infidélité dans la falsification de mon remède, et de crime de lèze-humanité. Est-il possible de réunir des moyens plus atroces pour faire fortune ?

tion de ce collège, et le privilège exclusif du souverain de cet état. Voyez les pages 29, 30, 31 et 32.

Pour m'assurer si les effets de mon remède seroient aussi efficaces dans le nord de l'Europe que dans les climats tempérés, je résolus d'en envoyer à Varsovie. Je l'adressai à M. *Maignen d'Asimure*, chirurgien, que je ne connoissois que de réputation. J'avois bien choisi le temps de faire cette expérience. M. d'Asimure la fit au mois de décembre 1788, et pendant les mois suivans. On se rappellera que cet hiver a été excessivement rigoureux. Voyez les résultats de cette épreuve page 33 et suivantes.

Je demande à présent à mes lecteurs, s'il est possible de porter plus loin la loyauté et la bonne foi, pour justifier à la face de l'univers la pureté de mes intentions, et mon zele philantropique pour la conservation de mes semblables? Je demande à tous les médecins, amis des hommes, si de tous les remedes connus il en est un seul qui ait été soumis à des examens plus rigoureux?

D'après cet exposé, exact dans tous ses points, il ne me reste qu'un devoir à remplir, celui de mettre le public en garde contre la cupidité d'un grand nombre de contrefacteurs de mon remède.

J'atteste ici, sur l'honneur, que je n'ai jamais confié à personne le secret de sa composition. Je m'enferme quand je veux le composer ; j'y travaille seul, et ma sœur même, qui demeure chez moi, n'a jamais mis les pieds dans mon laboratoire. La préparation de ce spécifique est si éloignée des procédés ordinaires, qu'elle peut induire en erreur nombre d'artistes qui s'occupent de chimie.

J'ai dit que mon spécifique est un secret de famille : j'ai dit vrai. Il m'a été communiqué par mon grand oncle, qui, dès sa jeunesse, s'est occupé de la chimie, jusqu'à l'âge de quatre-vingt-seize ans, époque de sa mort. Cet oncle m'aimoit beaucoup ; il m'a inspiré son goût pour cette science ; il m'a laissé seul dépositaire de ce secret, ainsi que de plusieurs autres découvertes précieuses, dont je ne fais usage que pour mon amusement.

J'ai toujours été si intimement persuadé de l'efficacité de mon remède pour un grand nombre de maladies graves et rebelles aux meilleurs remèdes connus (1), qu'immédiate-ment après la proposition hardie que j'avois faite au roi et au ministre, proposition qui pouvoit devenir dangereuse pour moi, par l'inconduite des soldats que l'on traitoit en route, je ne craignis point de proposer à M. *Le Noir*, lieutenant de police alors, de faire traiter, dans une salle de l'Hôtel-Dieu, cent malades pris au hasard dans l'hôpital; d'en faire garder les avenues, pour qu'il ne puisse entrer dans cette salle que les seules personnes nommées pour administrer mon remède. J'assurai à M. Le Noir que, dans un mois au plus, ces malades seroient guéris.

Je suis prêt à renouveller la même proposi-tion, en exceptant, comme je le fis alors, les malades dont les parties nobles seroient viciées au point de ne laisser aucune espérance raison-nable, ainsi que les vérolés, les scrophuleux,

---

(1) Je demandois un jour à un médecin qui con-noît, et qui a suivi les effets de mon remède, s'il en connoissoit toutes les propriétés : il me répondit : OUI, JE LES CONNOIS ; MAIS PENSEZ-VOUS QUE JE VEUILLE DÉTRUIRE LA MÉDECINE ? Ce fait a eu lieu dans la maison d'une dame de qualité, en présence de plusieurs officiers généraux et autres que je pourrois citer.

les dartreux, etc., dont les maladies exigent un traitement plus long que le terme proposé.

Je me croirai trop heureux si je me trouve à portée de prouver aux deux mondes une vérité aussi importante au bonheur de l'humanité.

GODERNAUX.

ÉPREUVES

ET

CERTIFICATS

Des guérisons opérées par la poudre de M. le Chevalier de GODERNAUX.

PREMIÈRE ÉPREUVE, à Paris.

DÉLIBÉRATION.

LE conseil soussigné, après avoir visité, et très-scrupuleusement examiné huit malades vénériens, qui viennent d'être traités avec une poudre déja connue en Angleterre, sous le nom de *Poudre unique*, certifie avoir vu des effets assez heureux de ce remède, pour juger qu'il mérite d'être employé à Bicêtre, sous l'autorité de l'administration, qui a déja consenti à l'essai de plusieurs remèdes qui ont été infructueusement tentés, et qui n'étoient pas sans inconvéniens. Celui-ci n'en a aucun ; il est facile, commode, et, ce qui mérite une considération, il est très-peu dispendieux.

A ne consulter que la raison, on seroit porté à croire qu'un remède très-simple, donné sous un très-petit volume, et pris intérieurement, ne pourroit jamais avoir assez de vertu et d'efficacité, pour pénétrer dans le sang, et s'y distribuer de façon à agir

S

A

sur toute la masse, la purifier, et détruire radicalement le vice dont elle est infectée. Mais s'il y a de l'imbécillité à donner dans les promesses du premier venu et croire aux charlatans qui ne doutent de rien, autant il y auroit de prévention et d'entêtement à refuser toute croyance à des guérisons réelles et bien constatées. S'il s'agit de vérifier des faits, c'est une épreuve déja tentée ; il ne s'agit que de la répéter, et prendre dans l'un et l'autre sexe un nombre suffisant de malades, pour savoir à quoi s'en tenir sur l'efficacité du remède qu'on propose. Ainsi, c'est uniquement à l'expérience qu'il faut s'en rapporter, pour décider si on doit adopter ou proscrire cette poudre, qui a eu des succès marqués à Londres, et qui vient de réussir sous les yeux du médecin de l'hôpital-général, d'un de ses confrères, professeur d'anatomie au collége royal, et du Chirurgien gagnant maîtrise de Bicêtre.

Il est bon d'observer que les huit malades dont on vient de parler, ont été traités, sans préparations et sans régime ; ainsi, il est à présumer que ce remède, bien conduit, et qu'on pourroit peut-être perfectionner, l'emporteroit sur la méthode ordinaire de traiter les maladies vénériennes : méthode gênante, coûteuse, et qui n'est pas sans une sorte de danger.

Délibéré le 28 Septembre 1778.

GAULLARD, médecin ordinaire du roi, et de l'hôpital-général.

PORTAL, professeur de médecine, au collége royal.

FABIEN, deuxième chirurgien de Bicêtre.

Traitement de 36 Soldats Vénériens.

CASERNE DE S. DENIS,

Deuxième Epreuve.

Premier procès-verbal, du 9 novembre 1780.

Nous, commissaire des guerres, employé dans la généralité de Paris, au département de Versailles, nous sommes cejourd'hui, neuf du présent mois de Novembre 1780, dix heures du matin, transporté à la cazerne de S.-Denis, en vertu des ordres à nous adressés par monseigneur le prince *de Montbarrey*, ministre et secrétaire d'état au département de la Guerre, en date du six dudit présent mois, et de ceux qui nous ont été pareillement donnés par M. l'Intendant de ladite généralité ; lesdits ordres portant que l'intention du roi étant qu'il soit porté un jugement sur l'état actuel de trente-six soldats de différens régimens des troupes de sa majesté, qui ont été traités en route de leurs maladies vénériennes, avec la poudre de M. le ch. *de Godernaux*, et qui, à leur arrivée à S.-Denis, y ont été mis en station dans les cazernes de ladite ville, lequel jugement, sur l'état actuel desdits trente-six hommes, devoit être porté par MM. les médecins et chirurgiens invités par le ministre de la guerre à se rendre cejourd'hui, vers dix heures du matin, à la susdite cazerne, pour être présens à l'examen qui y seroit fait de ces hommes, et rendre témoignage de leur situation pour en dresser notre procès-verbal.

Sont comparus MM. les médecins et chirurgiens

invités par le ministre pour se rendre à la cazerne de S.-Denis, à l'effet susdit, suivant la liste annexée à l'ordre à nous adressé par monseigneur le prince *de Montbarrey*, savoir :

Médecins invités et présens.

M. *Thierry*, médecin consultant du roi et de la faculté de Paris.

M. *Brunier*, médecin des enfans de France et de la charité de Versailles.

M. *Delassone* fils, médecin ordinaire de la reine et de la charité de Versailles.

M. *Poissonnier*, médecin, inspecteur et directeur-général des hôpitaux de la marine.

M. *Meunier*, ancien médecin de la marine du roi, et médecin de l'hôtel royal des invalides et de la faculté de Paris.

M. *Macmahon*, ancien médecin des armées du roi et des hôpitaux militaires d'Alsace, médecin de l'Ecole royale militaire.

M. *de la Bordère*, conseiller d'état, premier médecin en survivance de Mgr. comte d'Artois.

M. *Morisot des Landes*, docteur régent de la faculté de médecine de Paris.

M. *Colombier*, médecin et inspecteur-général des hôpitaux du royaume.

Chirurgiens invités et présens.

M. *Dufouard*, chirurgien consultant des armées du roi, et chirurgien-major des gardes-françoises.

M. *Bordenave*, professeur royal de chirurgie et de l'académie royale des sciences.

M. *Gauthier*, chevalier des ordres du roi, chirurgien ordinaire de Monsieur, frère du roi, et chirurgien inspecteur au département de la guerre.

(5)

M. *Loustaunau*, fils, chirurgien de mesdames de France.

M. *Sabatier*, chirurgien-major de l'hôtel royal des Invalides.

M. *Garre*, chirurgien major de l'école royale militaire.

Chirurgiens invités et absens.

M. *Chavignat*, chirurgien, n'est pas comparu.

M. *Louis*, chirurgien, est comparu, mais il a été obligé de s'en aller dès le commencement de l'examen, à cause des fonctions de sa charge de secrétaire perpétuel de l'académie royale de chirurgie.

Sont aussi comparus les médecins et chirurgiens ci-après dénommés en vertu des ordres particuliers qui leur ont été donnés par le ministre de la guerre.

Autres médecins et chirurgiens présens, en vertu des ordres particuliers du ministre.

M. *le Clerc*, chevalier de l'ordre du roi, et son commissaire pour l'inspection générale des hôpitaux.

M. *Daignan*, médecin consultant des camps et armées, commissaire du roi chargé du rapport des effets du remède dont il s'agit, comme ayant suivi la route avec les trente-six soldats auxquels il a été administré.

M. *de la Font*, chirurgien de Paris, qui a été en cette qualité chargé de l'administration dudit remède auxdits trente-six hommes pendant la susdite route qu'il a faite avec eux.

Et M. *Viat*, chirurgien de Mgr. le Prince *de Montbarrey*.

Tous lesquels médecins et chirurgiens étant arrivés

à ladite caserne et dans la chambre du conseil d'icelle, nous leur avons manifesté les intentions du roi par la lecture des ordres susdits à nous adressés par son ministre de la guerre, et avons fait faire, à haute et intelligible voix, lecture, 1°. du procès-verbal qui a été dressé à l'hôpital militaire de Lille, pour établir le caractère des maladies vénériennes dont chacun de ces trente-six soldats étoit atteint ; 2°. de celui dressé à l'hôpital militaire de Toulon, pour faire connoître le point auquel leur guérison étoit parvenue ; 3°. d'un autre procès-verbal fait à Marseille pour constater l'état de trois desdits hommes dont la guérison étoit imparfaite.

Et après que mesdits sieurs les médecins et chirurgiens présens et dénommés ci-dessus, ont eu mûrement délibéré entre eux, et en notre présence, il a été, pour satisfaire aux intentions du roi et de son ministre, procédé à la nouvelle vérification de l'état actuel des trente-six soldats dont est question, et dont nous avons fait faire l'appel sur le contrôle nominatif qui nous a été remis par le sieur *Laverand*, commandant ledit détachement lors de notre revue du 23 octobre dernier, jour de l'arrivée desdits trente-six hommes en cette ville, et ayant fait entrer lesdits trente-six hommes, l'un après l'autre, dans ladite chambre du conseil, l'examen en a été fait très-scrupuleusement, et avec la plus grande attention, ainsi qu'il suit.

Noms des Hommes et des régimens où ils servent, et décisions de MM. les médecins et chirurgiens.

1. Le nommé Guillaume *Talagrenne*, sergent de la compagnie des chasseurs du régiment de Rohan-Soubise, est guéri d'une gonorrhée et d'un suin-

tement constaté par le procès-verbal des Officiers de Santé ; mais nous ne pouvons juger qu'il avoit la vérole confirmée.

2. Le nommé Druon-Joseph *Vincent*, dit *Tendre-Amour*, chasseur du régiment de Rohan-Soubise, est guéri de la gonorrhée et de l'engorgement constaté par le procès-verbal ; mais nous ne pouvons juger s'il avoit la vérole confirmée.

3. Le nommé Gaspar *Fontainier*, soldat au régiment de Rohan-Soubise, est guéri de ses accidens, à l'exception de la gonorrhée, qui a reparu.

4. Le nommé François *Jacob*, soldat au régiment de Rohan-Soubise, étoit guéri d'un phymosis et de chancres, deux ans avant le traitement de la glande ; jugeons qu'il n'avoit pas la vérole confirmée, et avons trouvé la glande encore fort engorgée et vacillante.

5. Le nommé Edmont *Monjeras*, soldat du régiment de Rohan-Soubise, est guéri des symptômes qu'il avoit, et qui caractérisoient une vérole récente.

6. Le nommé Etienne-Joseph *Mandez*, grenadier au régiment des grenadiers royaux de Picardie, est guéri de la chaude-pisse, et de l'excoriation chancreuse mentionnée au procès-verbal.

7. Le nommé Charles-Joseph *Dubois*, grenadier au régiment des Grenadiers Royaux de Picardie, est guéri de sa chaude-pisse et de ses douleurs.

8. Le nommé Pierre *Crespy*, grenadier au régiment des Grenadiers Royaux de Picardie, est guéri des accidens qu'il avoit, et de sa vérole.

9. Le nommé Mariel *Legros*, soldat au troisième régiment de l'état-major, est guéri de ses symptômes, et de la vérole.

10. Le nommé Aimé *Durobais*, soldat au troisième régiment de l'état-major, est guéri de sa vérole.

11. Le nommé Nicolas *Leterrier*, soldat au régiment

de Berry, est guéri de ses symptômes, et de la vérole.

12. Le nommé François *Madelon*, chasseur au susdit régiment de Berry, est guéri de ses symptômes, et de la vérole.

13. Le nommé Antoine *Gressel*, soldat au susdit régiment de Berry, est guéri de sa chaude-pisse.

14. Le nommé Louis *Marchand*, soldat au susdit régiment de Berry, est guéri de sa chaude-pisse.

15. Le nommé Pierre *Chevraud*, sergent au régiment d'Auvergne, est guéri de sa gonorrhée, de ses pustules et de la vérole.

16. Le nommé Jean-Baptiste *Grenon*, soldat au susdit régiment d'Auvergne, est guéri de sa gonorrhée, et de la vérole.

17. Le nommé François *Bruchet*, soldat au susdit régiment d'Auvergne, est guéri de ses symptômes, et de la vérole.

18. Le nommé Pierre *Ricard*, cavalier au régiment de Royal-Etranger, est guéri de ses accidens, tant anciens que nouveaux, les derniers acquis deux fois pendant le traitement, et guéri pareillement de la vérole.

19. Le nommé François *Choues*, cavalier au susdit régiment de Royal-Etranger, est guéri des accidens mentionnés au procès-verbal.

20. Le nommé Pierre-Charles *Hérault*, soldat au régiment de Chartres, est guéri de ses symptômes, et de la vérole.

21. Le nommé Jean-Baptiste *Chambry*, chasseur au régiment de Chartres, est guéri de ses symptômes, et de la vérole.

22. Le nommé François *Ultran*, soldat au susdit régiment de Chartres, est guéri de ses accidens.

23. Le nommé Maurice *Villeneuve*, cavalier au quatrième régiment des Chevaux-Légers, est guéri de ses accidens, et de la vérole.

24. Le nommé Nicolas *Leclerc*, grenadier au régiment de Royal-Comtois, est guéri de sa chaude-pisse.

25. Le nommé Jean-Baptiste *Bidoin*, grenadier au susdit régiment de Royal-Comtois, est guéri de ses accidens, et de la vérole.

26. Le nommé Jean-Baptiste *Pietain*, grenadier au susdit régiment de Royal-Comtois, est guéri de sa gonorrhée.

27. Le nommé Lambert *Herzé*, soldat au susdit régiment de Royal-Comtois, est guéri de tous ses symptômes, et de la vérole.

28. Le nommé Jacques *Ponceau*, soldat au régiment de Picardie, est guéri de sa gonorrhée.

29. Le nommé Jean-Pierre *Guillot*, soldat au régiment d'Aquitaine, est guéri de ses poireaux.

30. Le nommé Jacques *Délatre*, fourrier au régiment de Berry, cavalerie, est guéri de ses symptômes, à l'exception d'un léger engorgement, qui subsiste encore à la glande maxillaire, sa vérole est guérie.

31. Le nommé Jean-Baptiste *Bertrand*, canonnier du régiment d'Artillerie de Besançon, non guéri, et à revoir dans quelque temps.

32. Le nommé Pierre *Massette*, caporal au régiment de Bretagne, est guéri de ses symptômes, et de la vérole.

33. Le nommé Etienne *Gauthier*, soldat au susdit régiment de Bretagne, est guéri de tous ses symptômes, et de la vérole.

34. Le nommé Nicolas *Thierry*, soldat au susdit régiment de Bretagne, est guéri de tous ses symptômes, et de la vérole.

35. Le nommé Pierre *Fossard*, soldat au susdit régiment de Bretagne, est guéri de ses symptômes, et de la vérole.

36. Le nommé Simon *Delorme*, soldat au régiment de Rouergue, est guéri de ses symptômes, et de la vérole.

Et, après l'examen et les décisions qu'il a été fait de chacun desdits trente-six hommes en particulier, ainsi qu'ils sont portés et dénommés en notre présent procès-verbal, comme les avis ont été généralement unanimes et réunis, de même que les décisions particulières concernant chacun desdits trente-six hommes, nous commissaire des guerres susdit, en vertu desdits ordres à nous adressés, avons requis mesdits sieurs les médecins et chirurgiens de nous donner leur avis et résumé général, afin de pouvoir instruire, éclairer et fixer l'opinion du Roi et celle de son Ministre, sur ce qui pourroit résulter de l'usage et administration de la susdite Poudre, tant relativement au bien public et général, qu'à celui particulier des troupes de Sa Majesté, et, après qu'il a été de nouveau mûrement réfléchi et délibéré entre eux, en notre présence, ils ont unanimement dicté eux-mêmes, ce qui suit.

RÉSUMÉ GÉNÉRAL.

« Nous médecins et chirurgiens susdits et soussi-
» gnés, avons écouté avec la plus grande attention
» les mémoires et procès-verbaux qui nous ont été
» présentés touchant trente-six malades affectés de
» maux vénériens, partis de Lille en Flandre, arrivés
» ensuite à Toulon et traités en route, nous avons
» reconnu :
» Premièrement, que, des trente-six malades, il y
» en a deux (N°. 3 et 31) qui ne sont pas encore
» totalement guéris, ainsi qu'il est expliqué à la dé-
» cision par nous faite sur chacun d'eux.
» Secondement, que les trente-quatre autres nous
» ont paru guéris et généralement en très-bonne san-
» té ; que, parmi ceux-ci, seize étoient atteints d'une
» vérole absolument confirmée, l'estimant ainsi, d'a-

» près les rapports et procès-verbaux susmentionnés.

» Troisièmement, que dans le nombre de ces tren-
» te-six malades, plusieurs se sont exposés à reprendre
» des maladies vénériennes , que six d'entre eux ont
» pris la gonorrhée en route , à différentes distances ,
» qu'ils n'en ont pas moins été guéris par le traite-
» ment, que même l'intempérance du vin , à laquelle
» le plus grand nombre s'est livré , n'a point occa-
» sionné d'accidens particuliers, ni paru infirmer l'effi-
» cacité du remède qui leur a été administré ».

De tout ce que dessus , nous commissaire des guerres susdit et soussigné , avons rédigé et clos notre
présent procès-verbal , en présence de mesdits sieurs
les médecins et chirurgiens y dénommés , auxquels
nous en avons fait lecture en les requérant de le signer
avec nous.

Fait et arrêté à ladite cazerne de St. Denis , les
jour , mois et an que dessus , trois heures de relevée ;
et ont signé.

Poissonnier, inspecteur et directeur-général des
hôpitaux de la marine.

Thierry, médecin consultant du Roi , de la faculté
de Paris.

Macmahon, ancien médecin des armées du roi
et des hôpitaux militaires d'Alsace , et médecin de
l'école royale militaire.

De la Bordère, conseiller d'état, premier médecin en survivance de monseigneur comte d'Artois.

Morizot des Landes, docteur régent de la faculté
de médecine de Paris.

Colombier.

Munier, ancien médecin, médecin de la marine
du roi , médecin de l'hôtel royal des Invalides et de la
faculté de Paris.

De Lassonne, médecin ordinaire de la reine , et
de la charité de Versailles.

Brunier, médecin des enfans de France.

Le Clerc, chevalier de l'ordre du roi et son commissaire pour l'inspection générale des hôpitaux.

Daignan.

Dufouart, chirurgien consultant du roi.

Sabatier.

Bordenave, professeur royal de chirurgie, de l'académie royale des sciences.

Loustaunau fils.

Gauthier, chirurgien ordinaire de Monsieur, chirurgien-major, inspecteur du département de la guerre, consultant des camps et armées du roi.

Garré.

De Lafont et *Prieur*. Avec paraphes.

Et, après la clôture de notre procès-verbal ci-dessus, ledit sieur *de Lafont*, chirurgien y dénommé, nous a requis de lui donner acte de sa promesse de terminer, d'ici au premier décembre prochain, la parfaite guérison des nommés *Bertrand* et *Fontainier*, désignés sous les numeros 3 et 31 ; et a signé avec nous, au susdit S. Denis, les jour, mois et an susdits.

Signé, *de Lafont* et *Prieur*, avec paraphes.

Deuxième procès-verbal, du 19 décembre 1780.

D'un autre procès-verbal, a été extrait ce qui suit.

L'AN 1780, le dix-neuvième jour de décembre, nous commissaire des guerres, employé en la généralité de Paris, au département de Versailles, en vertu des ordres à nous adressés par monseigneur le prince *de Montbarrey*, ministre et secrétaire d'état de la guerre, et par M. l'intendant de ladite généralité, etc. sont comparus MM. les médecins et chirurgiens y dénommés et soussignés, etc.

Comme M. l'intendant n'avoit pu se trouver à l'examen qui a été fait, le 9 du mois de novembre, à cette même cazerne, de trente-six soldats vénériens qui y sont en station par ordre de la cour; comme, d'ailleurs, il y avoit alors deux de ces hommes dont la cure n'étoit pas encore parfaite, M. l'intendant a requis mesdits sieurs les médecins et chirurgiens de vouloir bien faire faire une nouvelle vérification de l'état actuel desdits trente-six hommes. A quoi ayant été à l'instant procédé, mesdits sieurs les médecins et chirurgiens ont unanimement déclaré que les deux hommes numérotés 3 et 31, par notre procès-verbal du 9 novembre dernier, et qui avoient été déclarés n'être pas parfaitement guéris, l'étoient présentement, de même que les trente-quatre autres sur lesquels mesdits sieurs les médecins et chirurgiens ont jeté un coup-d'œil de révision, après en avoir fait faire l'appel, lesquels trente-quatre hommes ont tous déclaré ne leur être survenu aucun accident, et jouir tous de la meilleure santé; et le sieur *Daignan*, médecin, sous les ordres duquel a été dirigé le traitement desdits trente-six hommes, nous a déclaré, ainsi que le sieur *Lafont*, chirurgien, qui leur a administré la poudre dont il s'agit, que, pour opérer la guérison des susdits deux hommes, n°. 3 et 31, il ne leur avoit fait prendre à chacun que trois prises de ladite poudre, depuis ladite première visite.

De tout ce que dessus, nous, commissaire des guerres susdit et soussigné, avons rédigé et clos notre présent procès-verbal, en présence de M. l'intendant et de mesdits sieurs les médecins et chirurgiens y dénommés, auxquels nous en avons fait lecture, en les requérant de le signer avec nous,

Fait et arrêté à ladite caserne de S. Denis, les jour, mois et an susdits, deux heures de relevée. Et ont signé :

Maloet, D. M. pour la visite des femmes, pour laquelle seule j'ai été appelé.

Louis, contre l'efficacité du remède approuvé sur les filles, dont l'examen scrupuleux a été fait à charge et à décharge, malgré l'assertion contraire.

De la Bordère,
Thierry,
Macmahon,
Munier,
Brunier,
Lassonne fils,
Et *Daignan*.

Dufouart,
Sabatier,
Loustaunau,
Garre,
Brun, chirurgien en chef de l'hôpital.
Gauthier,
De la Font,
Faguer, premier chirurgien à Bicêtre.
Et *Prieur*.

Troisième procès-verbal, du 8 Février 1781.

D'un autre procès-verbal, a été extrait ce qui suit.

L'an 1781, le huitième jour du mois de février, neuf heures du matin, nous commissaire des guerres employé dans la généralité de Paris, au département de Versailles, en vertu des ordres à nous adressés par

M. l'intendant de ladite généralité, nous sommes, cejourd'hui, transporté à la cazerne de St.-Denis, où
sont comparus le sieur Antoine *de la Faurie*, chirurgien-major des troupes provinciales, des recrues et
des camps de ladite généralité de Paris, et le sieur
Nicolas-Louis-Joseph *Moreau*, chirurgien adjoint
audit sieur *de la Faurie*; auxquels susdits chirurgiens
nous avons fait représenter les trente-six soldats de différens régimens traités en route, de leurs maladies vénériennes, avec la poudre de M. le chevalier *de Godernaux*, et qui, après leur traitement, ont été en-
voyés, par ordre de la cour, à la cazerne de S. Denis,
où ils sont restés en station depuis le 23 octobre dernier, jusqu'à ce jour; et monseigneur le marquis *de
Ségur*, ministre de la guerre, ayant jugé que le traitement desdits trente-six hommes, devoit être regardé
comme complet, d'après les rapports, avis et décisions
de MM. les médecins et chirurgiens contenus dans
les deux procès-verbaux par nous dressés, à cet effet,
les 9 novembre et 19 décembre derniers, lesquels
constatent la guérison radicale desdits trente-six hommes, l'intention du roi étant qu'ils rejoignent leurs régimens respectifs; et le ministre de la guerre ayant,
en conséquence, par sa lettre du 4 de ce mois, chargé
M. l'Intendant de donner les ordres nécessaires pour
faire partir lesdits trente-six hommes, il nous a
donné celui de nous transporter à ladite cazerne
avec lesdits sieurs chirurgiens ci-dessus nommés et
soussignés, lesquels après en avoir été requis par
M. l'intendant, ont, en sa présence, et en la nôtre,
procédé à une troisième visite, et à l'examen de l'état
actuel desdits trente-six soldats dénommés et désignés dans nos deux procès-verbaux susdatés, et après
serment par eux fait de dire vérité, il a été, à l'instant, par eux, procédé à la visite et à l'examen
scrupuleux de l'état actuel des deux hommes désignés

par notre procès-verbal dudit jour 9 novembre dernier, sous les numéros 3 et 31, dont la guérison avoit été déclarée imparfaite par notredit procès-verbal dudit jour 9 novembre dernier, lesquels deux hommes, lesdits sieurs *de la Faurie* et *Moreau* ont jugé être radicalement guéris, ainsi que l'avoient aussi déclaré et constaté MM. les médecins et chirurgiens dénommés dans notre second procès-verbal du 19 décembre dernier.

Et, à l'égard des trente-quatre autres soldats désignés en notre premier procès-verbal dudit jour 9 novembre dernier, sous les numéros 1, 2, 4, 5, 6, 7, 8, 9, 10, 11, 12, 13, 14, 15, 16, 17, 18, 19, 20, 21, 22, 23, 24, 25, 26, 27, 28, 29, 30, 32, 33, 34, 35, 36, lesdits sieurs chirurgiens les ont jugés et déclarés bien portans et radicalement guéris, d'après la lecture que nous leur avons fait faire de nos susdits deux procès-verbaux susdatés, et d'après les questions par eux faites à chacun desdits trente-quatre hommes, ainsi qu'aux six sergens conducteurs et au sieur *Laverand*, officier commandant le détachement desdits soldats, dont l'aspect et l'air sein de chacun d'eux a suffi auxdits sieurs pour juger de la bonne santé et parfaite guérison desdits trente-quatre soldats.

De tout ce que dessus, nous commissaire des guerres susdits, avons fait et arrêté le présent procès-verbal, en présence de M. l'intendant, et ont lesdits sieurs *de la Faurie* et *Moreau* signé avec nous, à ladite cazerne de St. Denis, les jours, mois et an susdits, une heure de relevée.

Signé, *de la Faurie*, *Moreau*, et *Prieur*, avec paraphes.

Pour expédition, délivré par nous commissaire des guerres susdit et soussigné.

Signé *Prieur*.

Après

Après ces expériences, Mgr. le maréchal *de Ségur*, ministre et secrétaire d'état au département de la guerre, en ordonna une nouvelle, dans la citadelle de Metz, qui eut lieu sur 46 soldats, tous, et quelques-uns au plus haut point, affectés de maux vénériens.

Les quatre lettres suivantes prouveront le résultat de cette épreuve.

Lettre de M. de la Salle, commissaire ordonnateur des guerres, à Mgr. le maréchal de Ségur.

Metz, 21 Juillet 1781.

MONSEIGNEUR,

EN conséquence de la lettre dont vous m'avez honoré, j'ai fait convoquer, pour hier matin, tous les médecins et chirurgiens que j'avois rassemblés le jour de notre établissement des vénériens à la citadelle de cette place; tous ces messieurs, monseigneur, n'ont pu se refuser, malgré un peu d'humeur de la part de plusieurs contre ce remède, et de contrariété sur la prudence de celui qui l'a administré, de reconnoître et regarder comme radicalement guéris vingt-neuf hommes, des trente-six que ce dernier avoit jugé tels. Lesdits vingt-neuf hommes, monseigneur, seront renvoyés dans le jour, pour rejoindre leur corps; les sept restans suivront le même sort, à fur et mesure de leur parfaite guérison, qui, autant que je puis en juger, sera prochaine, &c.

B

Autre Lettre du même, à M. le Comte de Caraman.

JE ne rends pas en détail au ministre tous les griefs que j'ai contre la mauvaise conduite et l'humeur soutenue qu'on a éprouvée, particulièrement des..... mon cœur ne *reconnoissant* pas le ressentiment, et encore moins la haine : Mais je vous préviens, mon général, que pareille commission seroit au-dessus de mes forces, si le ministre ne me donnoit plus d'autorité pour sévir contre les ennemis du bien, et les malveillans ; car l'enfer ne présente rien de pareil à la noirceur et aux stratagêmes vomis pour contrarier un remède, qui, ensemble, me paroît aussi efficace que très-précieux à l'humanité, et, j'ose l'avancer, aussi essentiel aux intérêts du Roi.

Lettre de M. Daignan, médecin.

Metz, 17 Août 1781.

ME voilà, enfin, délivré de la plus cruelle et de la plus infâme persécution qu'il soit possible d'imaginer : Ne me demandez pas comment ; je ne le comprends pas ; tout étoit perdu en apparence, et bien disposé à rendre le traitement éternel ; il vient d'être terminé à ma satisfaction ; j'en suis quitte pour trois hommes renvoyés comme non guéris, mais en état de faire campagne comme les autres ; je l'annonce au ministre. Jugez du succès qu'aura, à moins que le diable ne s'en mêle, le procès-verbal du 9, que je n'ai pas signé, et contre lequel j'ai protesté, ainsi que contre celui du jugement du remède consigné dans une trentaine de mémoires que je n'ai pas vus, et auxquels je réponds sommairement dans la récapitulation de celui de ce jour, où M. de Caraman a assisté, et qui, je crois, n'auroit jamais fini sans lui. C'est tout ce que j'ai le temps de vous dire : Vous verrez, par la pièce ci-jointe, à quel point de vexation les choses ont été portées.

Lettre de Mgr. le Maréchal Duc de Broglie.

18 Septembre 1781.

J'AI reçu votre lettre monsieur, je suis persuadé de la bonté de votre remède par les effets que j'en ai vus à Metz. J'ai fait connoître à M. le marquis *de Ségur* ce que j'en pensois ; je désire qu'on l'adopte, et il en seroit ainsi, si cela dépendoit de moi. Je suis, etc.

Signé, le maréchal duc *de Broglie.*

Lettres de Mgr. le maréchal de Ségur, ministre et secrétaire d'état au département de la guerre, à M. le chevalier de Godernaux.

A Versailles, le 22 février 1781.

COMME il est très-important de prendre toutes les précautions possibles, afin que la poudre anti-véné- rienne ne soit pas contrefaite, et qu'il en puisse être fait usage avec confiance, il est nécessaire que vous vous occupiez d'imaginer un timbre, ou cachet, ou telle marque qui vous paroîtra la plus difficile à imiter ; et lorsque vous vous serez fixé sur cet objet, vous m'en enverrez l'empreinte avec les explications qui pour- roient être nécessaires.

Signé SÉGUR.

Versailles, le 8 novembre 1781.

Sur le rapport fait au roi des expériences faites au sujet de la poudre, sa majesté a autorisé l'usage de ce remède, lorsque les officiers de santé et les corps qui en demanderont, jugeront convenable de l'administrer aux soldats.

.... Et afin d'effectuer ses dispositions, vous voudrez bien indiquer la personne que vous jugerez convenable de charger du dépôt de ce remède, et à laquelle je donnerai ordre de faire les envois qui seront demandés.

Signé SÉGUR.

Versailles, le 20 février 1782.

D'après le rapport fait au roi, et d'après ses ordres pour la publicité de la poudre anti-vénérienne, on a jugé nécessaire l'impression de l'usage de ce remède, etc.

Signé SÉGUR.

Copie du procès-verbal du sieur Duparc, chirurgien, à Metz, qui prouve authentiquement l'efficacité des Poudres de M. le chevalier de Godernaux.

JE soussigné certifie que le sieur *Duparc*, chirurgien, à Metz, a soigné mon fils, âgé de 16 ans, d'un Erysipèle flegmoneux, à la tête et au visage, d'un saignement de nez considérable, d'une fièvre inflammatoire, avec les poudres de M. *de Godernaux*, dont il n'a pris que deux prises, et, pour prouver au public la bonté de ce remède et la satisfaction que j'ai dudit remède, je lui ai donné le présent certificat, à Metz, le 24 avril 1784.

Signé Jaissard père.

Je soussigné, prêtre et curé de Chérisei, certifie que, sur l'ordonnance de M. *Perrot*, chirurgien stipendié de Mommeny et Chérisei, ai administré une prise des poudres de M. *de Godernaux*, à la veuve *Guerquin*, au mois de décembre 1783, à la suite d'un relâchement des fibres de l'estomac, qui occasionnoit un vomissement continuel à ladite malade, qui a été rétablie et guérie parfaitement. Elle vit actuellement auprès de sa fille, au village de Tissey. En foi de quoi ai signé, le 25 avril 1784.

Signé *Rouppert*, curé de Chérisei.

Nota. M. *Perrot* me dit positivement que si les poudres de M. *de Godernaux* n'opéroient pas, la veuve *Guerquin* étoit une femme morte.

Signé *Rouppert*, curé de Chérisei.

Je soussigné Françoise *Durant*, veuve de Pierre *Lartillerie*, habitant de Chérisei, certifie qu'au moyen de deux prises des poudres de M. *de Godernaux*, j'ai été guérie d'une douleur de reins provenans d'une suppression des lochies, à l'âge de 50 ans, dont je ne puis me louer que de cedit remède. A Chérisei, le 25 avril 1784 : Et a fait sa marque ordinaire. Pour copie, la marque de la veuve *Lartillerie* †.

Je soussigné Didier *Colas*, habitant du village de Chérisei, certifie avoir été attaqué d'un rhumatisme sciatique dans les reins, qui m'a retombé dans toutes les parties inférieures, après avoir usé et servi de tous les remèdes que la médecine a pu m'ordonner, je ne me suis trouvé rétabli et guéri qu'après avoir pris trois prises de la poudre de M. *de Godernaux*. Il m'est survenu une bouffissure par-tout le corps, comme si j'eusse été hydropique : M. le curé me conseilla de prendre une quatrième prise, ce qui fit disparoître en totalité ma bouffissure, dont je certifie être guéri radicalement ; dont le présent certificat est véritable. A Chérisei , le 25 avril 1784.

Signé Didier *Colas.*

Je soussigné Barbe *Françoise* , épouse de Didier *Colas* , certifie avoir été guérie d'une sciatique rhumatismale dans l'articulation des reins gauches , à ne pouvoir marcher ; au moyen de deux prises des poudres de M. *de Godernaux* , je me suis trouvée bien guérie. En foi de quoi , je donne le présent certificat pour valoir la vérité. A Chérisei , le 25 avril 1784. Et a fait sa marque ordinaire , en présence de son époux et du curé de Chérisei , ayant déclaré ne savoir écrire , de ce requise , suivant l'ordonnance. Pour copie , la marque de Barbe *Françoise* +. Je certifie le présent véritable , dont j'en tiens les originaux. A Metz , le 8 Juin 1784.

Signé *Duparc.*

Je soussigné François *Girardin* , habitant de Chérisei , certifie avoir été attaqué , il y a deux ans , au mois de décembre , d'un violent mal de tête , accompagné comme de vertiges , qui m'a causé une bouffissure en toute la tête , accompagné de fièvres , de tout quoi j'ai été guéri , au moyen d'une prise des poudres de M. *de Godernaux* , qui m'a occasionné , le lendemain que je l'ai prise , un tournoyement de tête violent qui a été suivi d'une éruption d'un ver blanc , long d'environ neuf pouces ; qui est sorti par la narine : depuis ce moment , je n'ai ressenti aucune douleur à la tête , ni de fièvre. En foi de quoi , et reconnoissance de l'efficacité dudit reméde , auquel je dois ladite guérison , j'ai signé le présent certificat , que je crois devoir accompagner du témoignage également vrai , que je dois auxdites poudres de M. *de Godernaux* , pour avoir dans le même temps , aussi guéri ma fille , qui avoit le corps plein de boutons, de pustules et de clous. Je certifie avec reconnoissance que deux prises ont suffi pour opérer cette guérison, et que depuis ce temps, ma fille se porte bien. Donné à Chérisei, le 1 mai 1784. Je dois remarquer que ma fille, dans le temps de ses clons et boutons, n'étoit pas réglée, et que, depuis l'usage desdites poudres, les lochies ont prie la route naturelle et que la fille est bien guerie.

Signé François Girardin.

Je soussigné Jean *Hudry*, certifie que le Sr. *Duparc* chirurgien, à Metz, m'a soigné d'une pleurésie considérable, avec crachement de sang, point de côté, accompagnée d'une fluxion de poitrine inflammatoire, et ma guéri radicalement, sans avoir eu aucun secours d'autre médecin ni chirugien, ni même en avoir demandé aucune, avec quatre prises des poudres de M. le chevalier *de Godernaux*; c'est pourquoi je lui ai délivré le présent certificat, pour lui servir de témoignage, et ai signé de ma main. A Metz, le 5 mai 1784.

Signé Hudry.

Je certifie que, depuis ma plus grande jeunesse, j'ai été attaquée d'une douleur très-aiguë à l'estomac, accompagnée de vomissemens continuels, et sur-tout lorsque j'avois mangé, et à la suite de fortes foiblesses, de douleurs considérables au dos et le long des vertèbres, que mon père et ma mère me faisoient administrer, croyant que je mourrois, et de l'avis de Mrs. les médecins, qui disoient que c'étoit mon foie que je rendois par haut et par bas; je suis cependant parvenue à l'âge de 28 ans, étant toujours bien languissante, et me suis mariée; je ne le fus pas plutôt, que je suis devenue enceinte et mes douleurs ont cessé. Ayant eu cinq enfans, et, deux ans après, le dernier, l'ayant nourri, à la suite d'un épanchement de lait, à la cuisse gauche, mes douleurs se sont

A 4

fait ressentir plus que jamais ; je les ai portées jusqu'au mois de mai 1784. Après avoir suivi plusieurs avis de médecins et chirurgiens-majors, qui n'ont fait que pallier et me soulager un peu. Etant sur le retour de l'âge, mes lochies occasionnoient des douleurs considérables dans les reins ; mon mari a pris sur lui de me faire prendre une prise des poudres de M. *de Godernaux*, qui m'a occasionné une évacuation considérable, et j'en repris encore deux autres qui m'ont parfaitement guérie de toutes mes douleurs, et je puis dire avec vérité que je me porte très-bien, sans avoir aucun ressentiment. En foi de quoi, pour prouver l'efficacité de ce remède, je donne le présent certificat, pour valoir à ce que de raison. A metz, le 3 Juin 1784.

Signé Elisabeth *Henry*, âgée de 47 ans.

Je soussigné et certifie qu'ayant été attaqué d'une fièvre continue, avec redoublement considérable, dont je ressentois des douleurs insupportables dans toutes les articulations et tout le long des lombes, étant attaqué d'une jaunisse répandue dans le sang, qui me menaçoit d'une hydropisie, M. *Duparc* m'a fait faire usage de deux prises de la poudre de M. *de Godernaux*, qui me dissipèrent, et me mirent à même de me mettre en voyage : ce que j'atteste. A Metz, le 4 juin 1784.　　　　Signé Pierre-François *Violent*.

Je soussigné Martin *Ouvray*, jardinier de M. le Marquis de Chérisey, certifie qu'étant attaqué d'une douleur rhumatismale dans les reins et dans les jambes, à la suite d'une chûte de la hauteur de 12 pieds, le sieur *Duparc*, maître en chirurgie, chargé du dépôt des poudres de M. le chev. *de Godernaux*, après avoir souffert pendant huit mois, des douleurs à ne pouvoir se tenir de bout, et ne pouvoir travailler, m'a guéri radicalement avec sept prises de poudre, dont, à ma satisfaction et à celle de mes maîtres, je lui ai délivré le présent certificat, pour prouver la bonté de ce remède, et valoir à ce que de raison. Fait à Chérisei, le 1er septemb. 1784. Signé Martin *Ouvray*, et madeleine *Chenevillote* sa femme.

Nous lieutenant-général des armées du roi, ancien lieutenant de ses gardes, commandant de l'ordre royal de St. Louis, certifions tout ce qui est ci-dessus véritable. A Chérisei, le 27 Septembre 1784.
Signé le marquis *de Chérisei*.

Nous prêtre, curé de Chérisei, certifions l'exposé du certificat donné par Martin *Ouvray*, contenir vérité, et nous-même lui avoir distribué les poudres de M. le chev. *de Godernaux*, qui nous avoient été mises en mains pour suivre la guérison. En foi de quoi nous avons signé, à Chérisei, le 28 septembre 1784.
Signé J. *Rouppert*, curé de Chérisei.
Vu bon. Le marquis *de Chérisei*.

Je soussigné certifie que M. *Duparc*, maître en chirurgie, chargé du dépôt des poudres de M. *de Godernaux*, m'a traité et guéri radicalement avec treize prises desdites poudres, de pustules au fondement, formant la maladie bien compliquée. En foi de quoi je lui ai délivré le présent certificat avec toute la reconnoissance possible des soins qu'il a eus, à mon rétablissement, faisant mon service. A Metz, le 27 Septembre 1784.
Signé *Cresson*, soldat au régiment de Bassigny.

Nous soldat au régiment de Bassigny, compagnie de Sompiton, certifie que le sieur *Duparc*, chirurgien, à Metz, chargé du dépôt des poudres de M. *de Godernaux*, m'en a fait prendre trente prises pour des dartres farineuses que j'avois au visage, dont je me trouve parfaitement guéri, et ce par ordre de M. *de*

Pagy, major au régiment. Fait à Metz, le 18. septembre 1784. Signé *Victor*.

Je soussigné certifie qu'ayant été attaqué de plusieurs accès dans toute la partie du corps, ayant été soigné par M. Berthelemo, notre chirurgien-major, pendant l'espace de trois mois, M. *Duparc* est venu me rendre une visite, me promettant de me guérir avec dix prises des poudres de M. *de Godernaux*, sans rien appliquer sur mes plaies, ce qu'il a effectué, et me trouvant bien guéri, je lui ai délivré le présent certificat pour lui servir et valoir à ce que de raison. A Metz, le 19 septembre 1784.

Signé *Duvaloy*, sergent-major au rég. de Bassigny.

Nous soussigné Jean *Rouppert*, prêtre et curé de Chérisei, certifions que Nicolas *Fénot*, fils de Sébastien Barthélemi *Fénot*, manœuvre à Chérisei, attaqué d'humeurs froides dès le sein de sa mère, a été traité avec des poudres de M. le chev. *de Godernaux*, tant par le sieur *Perrot*, chirurgien à Mommeny, que par le sieur *Duparc*, chirurgien, à Metz, l'un et l'autre stipendiés pour Chérisei, et que cet enfant, âgé actuellement de 12 ans, se trouve guéri. Donné à Chérisei, le 27 septembre 1784.

Signé Jean *Rouppert*, curé de Chérisei.

P. S. Nous étions chargés de lui distribuer lesdites poudres, par quart, et ensuite par moitié prises.

Nous lieutenant-colonel au régiment Dauphin, infanterie, certifions que le sieur *Duparc*, chirurgien à Metz, chargé du dépôt des poudres de M. *de Godernaux*, a traité et guéri radicalement, à notre connoissance, le nommé *Bunelle*, grenadier audit régiment, attaqué d'une fièvre depuis deux ans, et à la suite d'une jaunisse universelle, qui l'a mis dans un état à ne pouvoir faire son service, étant devenu obstrué et hydropique ; dix prises desdites poudres ont suffi pour sa guérison radicale. En reconnoissance de ce, nous lui donnons le présent certificat, pour lui servir et valoir à ce que de raison. A Metz, ce 16 juillet 1784.

Signé le comté de Maussée.

Nous chirurgien-major au régiment de Bassigny, certifions que le sieur *Duparc*, chirurgien, à Metz, chargé du dépôt des poudres de M. le chev. *de Godernaux*, a traité et guéri radicalement, à notre connoissance, le sieur *Duvaloy*, sergent major de la compagnie de Moulin, attaqué de plusieurs dépôts véroliques, avec 12 prises des poudres de M. le chev. *de Godernaux* ; le nommé *Cresson*, compagnie de Férant, attaqué de pustules véroliques au fondement, avec treize prises ; le sieur *Victor*, soldat attaqué de dartres farineuses au visage, avec trente prises. En foi de quoi nous lui délivrons le présent certificat, pour prouver la bonté dudit remède. A Metz, le 6 Décemb. 1784.

Signé Berthelemo, chirurgien-major.

Nous major-commandant le régiment de Bassigny, en garnison à Metz, attestons que le présent certificat est véritable, et que le sieur *Berthelemo* en est chirurgien-major. A Metz, ce 6 décembre 1784.

Signé de Pagy.

Nous commissaire ordonnateur des guerres au département des trois évêchés, certifions que les certificats particuliers portés au présent, sont conformes aux originaux qui nous ont été présentés ; qu'on doit, en outre, tout éloge au sieur *Duparc*, de son zèle et de son attention à administrer le précieux remède qui lui est confié. A Metz, le 27 décembre 1784.

Signé Lasalle.

Certificat d'une cure opérée sur soixante-sept Dragons, en Angleterre.

Nous colonel, lieutenant-colonel et major du régiment des Dragons de la Reine d'Angleterre, soussignés, certifions que plusieurs dragons de ce régiment ont été guéris de différentes maladies compliquées, par l'usage de la *poudre unique*, particulièrement quelques-uns qui, étant jugés incurables, avoient été renvoyés des hôpitaux.

En témoignage de l'utilité et de l'efficacité de cette poudre, nous la recommandons hautement pour le bien-être du public ; nous croyant même obligés, en conscience, de délivrer au propriétaire de cette *poudre unique* le présent certificat, pour lui rendre la justice qu'il mérite.

J. Burgoyne, colonel.
W. Harcourt, lieutenant-colonel.
R. Kingston, major.

Nota. Dans le régiment nommé ci-dessus, soixante-sept dragons ont été guéris, en très-peu de temps, de maladies très-opiniâtres et très-invétérées, dont plusieurs mêmes étoient jugés incurables, quoique, dans ce temps, la méthode d'administrer ce remède n'étoit pas aussi aisée, aussi agréable et aussi efficace qu'elle l'est aujourd'hui.

Un certificat sous serment, donné par un de ces hommes, est comme s'ensuit.

Moi Jean *Westminkett*, dragon du régiment de la reine, commandé par le colonel *Burgoyne*, jure sous serment que je suis parfaitement guéri de plusieurs maladies compliquées dont j'étois accablé depuis nombre d'années, et pour lesquelles j'avois suivi les meilleurs avis des médecins des Hôpitaux du royaume, ayant été admis dans cinq différens, hors lesquels on m'a toujours renvoyé, étant jugé incurable. A cette époque, j'étois dans un état si désespéré, qu'on jugea qu'il étoit impossible que je puisse vivre : mais, en faisant usage de cette poudre, comme dernier remède, j'ai été parfaitement guéri en très-peu de temps, et continue à jouir d'une telle santé, que je remplis tous mes devoirs aux cazernes de Kingston, en faisant le service de sa majesté et de la famille royale.

J. Westminkett.

Juré et attesté devant moi, à Westminster, le 14 janvier 1771.John Goodchild.

Effet du remède connu sous le nom de Poudre du Chevalier DE GODERNAUX, *dans les scrophules.*

Monsieur *Delfose*, teinturier, âgé de 43 ans, atteint, dès son enfance, d'humeurs froides, maladie héréditaire dans sa famille, parut jouir d'une bonne santé, jusqu'à l'âge de 33 ans. Pour lors, la parotide droite s'enflamma, et vint, en peu de temps, à une suppuration très-abondante, qui, en gagnant les glandes voisines, produisit plusieurs ulcères fistuleux au cou et à la joue droite.

Les remèdes ne firent qu'assoupir lentement le mal, sans le déraciner; car après le laps de quatre ans, l'ulcération gagna le côté gauche du cou, rongea la peau, et fit en peu de temps, des progrès si rapides, qu'elle attaqua toute l'omoplate, le bras, le sternum, les vraies côtes, l'aisselle gauche, les muscles, et causa une douleur si grande, que le malade ne put reposer, travailler, lever le bras gauche, ni plier le corps qu'avec peine.

Après avoir consulté plusieurs médecins et chirurgiens, après un nombre prodigieux de remèdes pris pendant 10 ans consécutifs, il eut recours à moi, le 13 août 1787, et me pria, avec les plus vives instances, de lui administrer les poudres du chevalier *de Godernaux*.

L'état du malade me fit désespérer de pouvoir lui porter le moindre soulagement ; plus de 40 ulcères sinueux, très-profonds, occupant les parties décrites ci-dessus. L'humeur ichoreuse, verdâtre, corrosive, et copieuse qui en découloit, défiguroit tellement la partie gauche supérieure et latérale de la poitrine, que l'aspect en étoit hideux.

Ne voyant aucune possibilité de guérir un mal aussi rebelle, aussi ancien et héréditaire par les remèdes usités, je résolus de satisfaire à la demande du malade, et lui administrai une prise des poudres *de Godernaux*, le jour même qu'il me vint consulter, en l'obligeant d'ôter les emplâtres qui couvroient la partie affectée. Le 18, je lui fis prendre une deuxième dose, et ainsi de cinq en cinq jours. Dès la troisième prise, la douleur diminua, le pus devint plus louable, et les os, en beaucoup d'endroits à nu, commencèrent à se couvrir de chair vive : Enfin, 13 prises, sans aucun remède externe, ont suffit pour cicatriser, en deux mois, tous les ulcères, fondre plusieurs glandes engorgées, mobiles sous le menton, rendre le mouvement du corps et du bras libre, le travail facile, le repos bon, desorte que ce malade jouit actuellement d'une santé qu'il avoit perdue depuis dix ans.

Ce remède, donné à très-petites doses, fait le même

effet à deux de ses enfans, héritiers de la maladie de leur père.

Liége, ce 20 janvier 1788.

Signé L. LOYENS, médecin.

Nous les bourgmestres de la noble cité de Liége, certifions et attestons, que M. L. *Loyens*, qui a soussigné la présente déclaration et attestation, est médecin sermenté, admis au collége des médécins de cette cité, et qu'à toute déclaration et attestation par lui ainsi soussignée, l'on doit ajouter pleine et entière foi, tant ens que hors jugement ; en outre, certifions que le timbre n'a pas lieu en cette cité et pays, en vérification de tout quoi, avons le présent fait dépêcher par notre greffier souverain, et y apposé le scel ordinaire de cettedite cité, le cinquième février 1788.

Par ordonnance de mesdits Seigneurs
M. LA RUELLE, *pro* DE COLOGNE.

Nous président, préfet et assesseurs composant le collége des médecins de Liége, ayant vu la supplique de F. J. DESOER, imprimeur-libraire, chargé en dépôt des véritables poudres du chevalier *de Godernaux*, dont les vertus sont amplement certifiées, et ayant mûrement examiné les guérisons opérées dans les maladies vénériennes, et constatées, selon les intentions de sa majesté très-chrétienne, par beaucoup de médecins et chirurgiens de la France, nous avons approuvé lesdites poudres, et ledit F. J. DESOER pourra les vendre et distribuer dans toute l'étendue de la ville et pays de Liége, avec la permission du conseil-privé de S. A., le chargeant expressément d'avertir les malades de n'en faire usage que par le conseil et sous la direction des personnes de l'art.

Donné dans la salle de nos assemblées, et muni de notre scel, ce premier février 1788.

Signé, H. DEPAIX, Tréfoncier, Président.

J. F. BRONCKART, Préfet.

Par ordonnance, L. Duchateau, Greffier.

SON ALTESSE, sur requête très-humble du chevalier DE GODERNAUX, sus ouï les différens rapports favorables, et spécialement ceux du collége des médecins de la cité de Liége, en date du premier de ce mois, permet audit chevalier DE GODERNAUX le débit de ses poudres dans l'étendue de sa principauté, sous l'obligation néanmoins d'avertir les malades d'en faire usage par avis et direction des gens de l'art ; et, pour assurer d'autant mieux l'identité dudit remède, en empêchant toutes supercheries et contre-façons préjudiciables au public, le dépôt général devra en être établi, à Liége, chez une personne sûre et de confiance, qui sera chargée (soit par elle-même ou par des substituts à ce spécialement autorisés) de la distribution desdites poudres suffisamment certifiées et cachetées. Donné au conseil-privé de SON ALTESSE, le 14 Février 1788.

Signé, LE BARON DE SLUSE

DE BEURS, *Vt.*

L. (†) S.

DE CHESTRET.

COPIE

COPIE du procès-verbal des épreuves faites en Pologne, avec la Poudre du chevalier DE GODERNAUX, *par M.* PIOTROUSKY, *chirurgien de Sa Majesté le Roi de Pologne, à l'hôpital du Roi.*

JE soussigné chirurgien de Sa Majesté le Roi de Pologne, certifie que trois malades traités sous mes yeux dans l'hôpital du Roi, ont été radicalement guéris par les poudres de M. le chevalier *de Godernaux*, qui m'ont été données par M. Maignen-d'Asimure, chirurgien accoucheur de cette ville.

L'un de ces malades avoit un poulain très-ancien, qui est disparu par l'usage de ces poudres ; l'autre avoit des chancres sur le gland et une chaude-pisse ; le troisième avoit une galle vénérienne, accompagnée d'ulcères sur différentes parties du corps. Tous ces malades se portent parfaitement bien actuellement, quatre mois après le traitement. En foi de quoi j'ai donné le présent certificat, à Varsovie, le 16 mai 1789.

Signé, STANISTAUS PIOTROUSKY.

Plus bas est écrit : *Productum in cancellaria officii consularis civitatis antiquæ Varsaviæ, die 13 junii 1789.*

Certificat de M. Hrasichi, chef commandant d'une compagnie de cavalerie nationale en Pologne.

NOUS soussigné chevalier de l'ordre de S. Stanislas, chef-commandant d'une compagnie de cavalerie nationale, certifions que le nommé Birsesky, gentilhomme Polonois, et actuellement à mon service, en qualité de secrétaire, a été traité et guéri d'une fièvre tierce des plus violentes, après avoir pris trois prises des poudres de M. le chevalier *de Godernaux*, chacune dans l'intervalle de trois accès consécutifs. Fait à Varsovie, le 6 juin 1789.

Signé, F. FFRABIA HRASICHI.

Plus bas est écrit : *Productum in cancellariæ officii consularis civitatis antiquæ Varsaviæ, die 13 junii 1789.*

Lettre de M. Emich, à M. Maïgnen d'Asimure.

Varsovie, le 28 avril 1789.

MONSIEUR,

VOUS me demandez un attestat de la cure faite sur mon domestique avec les poudres de M. le chevalier *de Godernaux*, je m'empresse de vous le donner par cette lettre, elle servira à publier et à donner à ce remède toute l'authenticité qu'il mérite ; je ne puis trop vous répéter les obligations que je vous ai pour ce malheureux domestique accablé de tous les symptômes de la vérole la plus invétérée, maltraité, jusqu'au moment où vous avez bien voulu vous en charger, par un chirurgien qui avoit empiré son mal ; il a trouvé en vous, et dans les poudres de M. le chevalier *de Godernaux*, un remède assuré contre tous les maux dont il étoit accablé. Je désire, Monsieur, pour le bien de l'humanité, que ce remède soit autant connu qu'il mérite de l'être. J'ai l'honneur, etc.

Signé, JEAN-BAPTISTE EMICH.

Plus bas est écrit : *Productum in cancellaria officii consularis civitatis antiquæ Varsaviæ, die 13 junii 1789.*

Lettre de M. le chevalier Dacosta, à M. Maignen d'Asimure.

A Varsovie, le 28 mai 1789.

MONSIEUR,

UN de mes amis, traité par vous d'une maladie galante, ayant appris que vous recueillez les certificats des cures opérées par les poudres de M. le chevalier *de Goderniaux*, que vous lui avez administrés, me charge d'affirmer pour lui à cet égard, ce qui d'ailleurs s'est passé sous mes yeux.

Mon ami avoit un chancre vénérien, malin et douloureux ; dix prises de ces poudres, ont graduellement fait disparoître tous les effets du virus et opéré sa guérison parfaite ; car depuis trois mois il jouit de la meilleure santé.

J'ajouterai, en prenant les propres expressions de mon ami, que l'on ne peut trop vanter l'efficacité et la douceur de ce remède ; son régime facile à observer procure au malade le double avantage de vaquer à ses affaires, ou à ses plaisirs, et de cacher, non-seulement la nature du mal, mais même son traitement. Comme ami de l'humanité, je me fais un devoir et un plaisir de contribuer à accréditer ces poudres ; en conséquence je consens à vous voir donner à ma lettre toute l'authenticité qui vous paroîtra nécessaire. Je m'estime, etc.

Signé, le Chevalier DACOSTA.

Plus bas est écrit : *Productum in cancellaria officii consularis civitatis antiquæ Varsaviæ, die 13 junii 1789.*

Attestation de la chancellerie de Varsovie, pour la vérité et la validité des quatre pièces précédentes.

AD requisitionem cujus interat notum testatumg facio ; illustrem magnificum fracichi ordinis sancti Stanislai equitem cavalleriæ nationalis Rothmagistrum, nobiles Stanistaus Piotrouski aulium sacræ regiæ majestatis Poloniarum, chirurgicus. Dacosta illustris magnifici, Hrasichi curiæ regni mareschalis secretarium et Joannem-Baptistam Emich, mercatorem civitatis Varsaviæ ; quorum testimonia variis sub datis in anno præsenti ex requisitione nobilis Petri-Francisci-Juliani Maignen, chirurgi. Exhibita coriem me in origina libus producta extiterunt, esse tales quales in iisdem rignarunt, ac consequenter subcriptionibus evrum ac testimoniis productis signatis pleniens adhiberi posse fidem in quorum fidem ceriâ appressionem sigillis civitatis antiquæ Varsaviæ mane propria me subscribo. Datum Varsaviæ, die decimâ tertiâ mensis junii 1789 anno. Michael Suiniurshi Fel. Ræ. Mtis, secretarius officii consularis civitatis antiquæ Varsaviæ notarius.

Avec le sceau de la chancellerie de Varsovie.

Autre épreuve faite à Bordeaux par les ordres de Monsieur l'Intendant.

Lettre de M. Dupré de Saint-Maur, Intendant de Bordeaux.

Bordeaux, 28 avril 1783.

N'AYANT pas encore reçu, Monsieur, les poudres que j'ai eu l'honneur de vous demander, le Sr. *Jarry,* qui est auprès de moi, et à qui vous en aviez fait passer depuis peu, m'en a remis cent prises, pour suppléer à celles que j'attendois ; de cette manière, il ne seroit plus néceffaire de m'en adresser d'autres, je pourrai me pourvoir auprès de lui de celles qui seront employées aux effais que j'ai dessein d'en faire sur les vénériens du dépôt de mendicité de cette ville. — Pour protéger cet excellent remède, et empêcher qu'il ne soit sophistiqué par les gens de l'art, qui pour-roient avoir intérêt de le décréditer, ne doutant pas que, s'il est fidèlement administré, nous n'en obte-nions ici les bons effets qu'il a produits ailleurs, etc.

Signé DUPRÉ de S. Maur.

Lettre de M. Lafourcade, médecin des hôpitaux de Bordeaux.

Bordeaux, 2 septembre 1785.

.... ce qui détermina M. l'intendant à vous en faire la demande de cent prises, par M. Chauveton, son secrétaire, qui vous écrivît sur le champ à l'adresse que je lui donnai. M. l'intendant dont les connoissan-ces et les lumieres supérieures, ainsi que le zèle ardent pour tout ce qui intéresse l'humanité et le bien public, sont connus, me fit l'honneur de me charger de mettre en usage votre poudre le plutôt possible. Je profitai le même jour d'une occasion que je cite avec satisfac-tion ; il s'agissoit d'une malheureuse créature que je traitois au dépôt royal de mendicité, qui avoit déja pris très-inutilement les remèdes connus, car plusieurs cha..... qu'elle avoit à la lev.. droite, s'étoient telle-ment étendus, qu'ils formoient un très-grand ulcère gangreneux, large d'environ cinq pouces ou six en rond, répandant une odeur insoutenable. Les moyens les plus appropriés ne pouvoient en arrêter le cours et l'accroissement rapide ; enfin, je n'attendois plus

que la mort à laquelle elle étoit déja préparée ; avalant
à peine le bouillon et n'ayant presque plus de poux.
C'est donc-là que je dis à M. l'intendant qu'il falloit
essayer ; il voulut bien y consentir. Il est inutile d'entrer
dans le détail du traitement ; mais elle eut des nausées
et des coliques après la premiere prise, ce qui m'o-
bligea de diviser les autres en deux, que je lui faisois
prendre à la distance de deux heures d'intervalle,
jusqu'à ce qu'elle eut acquis plus de force ; dix-huit
prises ont suffi pour cette guérison unique. J'ai déja
traité plusieurs personnes, dont une avoit à peu-près
la même maladie que la précédente, c'est-à-dire un
cha..... gangreneux, situé au même endroit, mais
moins ancien et moins étendu, quatorze prises ont
suffi pour la guérir ; enfin, monsieur, je ne peux que
votre remède.

Je vais incessamment m'en servir pour les écrouelles,
M. l'intendant veut étendre ses charités sur tous les
objets qui pourront soulager les pauvres. Je commen-
cerai aussi bientôt de traiter une jeune demoiselle
de 18 ou 19 ans, couverte de dartres depuis plusieurs
années, je vous ferai part des effets de votre poudre et
des succès qu'il aura. J'ai l'honneur, etc.

Signé, LAFOURCADE.

EXTRAITS de plusieurs Lettres écrites à M. le
chevalier *de Godernaux*, sur les bons effets
de sa Poudre.

*Lettre de M. Guérin, chirurgien de l'Hôtel-
Dieu de Lyon.*

Lyon, ce 11 Septembre 1783.

MONSIEUR,

JE suis témoin tous les jours de la bonté de vos poudres, et j'en rends témoignage publiquement : cela me suscite des ennemis que j'ai à combattre journellement, je crois le faire avec des armes victorieuses. Je continuerai avec confiance à en conseiller l'usage, et je ne crains pas que vous annonciez, quand vous trouverez l'occasion de le faire, que j'en ai retiré les plus grands avantages, sur-tout pour les dépôts de lait invétérés sous quelque forme qu'ils se soient présentés. Je serai jaloux d'être mis au nombre de ces grands maîtres de l'art que vous avez cités dans votre mémoire, et d'augmenter le nombre de ceux qui l'ont de nouveau approuvé. J'ai l'honneur, etc.

Signé, GUÉRIN.

Lettre de M. Savarin, médecin, à Lille en Flandre.

Lille, 12 juillet 1779.

MONSIEUR,

J'AI l'honneur de vous envoyer en bref, les cures admirables que j'ai faites avec votre excellente poudre ; mes occupations ne me permettant point, dans ce moment-ci, de vous en faire un détail plus circonstancié.

1°. Une fermière des environs de Lille, étoit incommodée, depuis plus d'un mois, d'une fièvre, tierce ; après la seconde prise de poudre, la fièvre céda.

2°. Une italienne, âgée de 20 à 21 ans, travaillée depuis 18 mois de symptômes qui caractérisoient une vérole des plus complettes, fut guérie par le secours de votre admirable poudre, après la dixième prise.

3°. Un homme de 60 à 70 ans, accidenté d'un squirre au foie ; après trois prises, fut guéri.

C 4

Je suis occupé actuellement à guérir une ancienne gonorrhée, pour laquelle on a fait passer quatre fois les remèdes à la demoiselle, sans succès; il y a quatre ans et demi qu'elle l'a. Depuis trois ou quatre jours, l'écoulement n'est plus si vert, elle est à sa troisième prise.

Signé SAVARIN, médecin.

Lettre du nommé Saint-Pierre.

Lille, 2 août 1779.

MONSIEUR,

JE ne saurai comment m'expliquer pour vous faire les remercîmens que je vous dois, et de toute votre attention de me demander si j'ai encore besoin de poudre: Non, Monsieur, je me porte très-bien, mes dartres sont bien passées, et je n'ai plus besoin de poudre, étant entièrement guéri, &c.

Signé ST.-PIERRE,

Lettre de M. Savarin, médecin, à Lille en Flandre.

Lille, 3 septembre 1779.

MONSIEUR,

MONSIEUR Vial, chirurgien de Mde. la princesse *de Montbarrey*, m'a écrit pour me demander ce que je pensois des effets et des propriétés de la poudre unique, d'après les épreuves que j'en ai faites. Je lui en ai fait succinctement les détails, et j'ai fini par lui dire que je ne trouvois pas de meilleur remède pour les différentes maladies que j'ai traitées.

La fille, qui a passé inutilement quatre fois par les

remédes, pour une vieille gonorrhée, est à sa onzième prise ; l'écoulement est infiniment diminué, et j'espère d'en voir bientôt la fin.

Signé S A V A R I N, médecin.

Lettre du même.

Lille , 1er Janvier 1780.

MONSIEUR,

J'AI reçu, par une lettre adressée à M. le Baron *de St.-Victor*, les paquets de poudre unique. Comme je viens d'entreprendre un officier du régiment de Rohan-Soubise, qui a des dartres qui lui occupent les bras, et une demoiselle qui a une dartre sur toute la figure, je vous prie de m'en renvoyer le plûtôt possible, pour que je puisse continuer leur traitement. La religieuse qui a le cancer est on ne peut pas mieux pour son état, et m'a dit, hier, qu'elle ne s'étoit jamais si bien portée, que depuis qu'elle faisoit usage de votre poudre. Nous sommes occupés actuellement, avec M. le Comte *de Blarenghien*, à guérir le révérend père ex-Provincial des récollets, homme très-considéré dans toute la province. Il est incommodé depuis 17 à 18 mois, d'obstructions au foie, où toute la médecine a échoué. Il a pris aujourd'hui la deuxième prise ; il se trouve mieux, &c.

Signé, SAVARIN, médecin.

Lettre de M. le Comte de Blarenghien.

Lille, 23 janvier 1780.

QUELQUES bonnes raisons , Monsieur, que vous puissiez avoir, je n'en connois point d'assez fortes pour vous opposer à la guérison d'une maladie affreuse, commencée par vos poudres. Vous ne tiendriez point aux gémissemens de mon provincial, qui en a pris cinq prises. La dernière l'a fait débonder d'une matière collante, noire comme la suie de cheminée, que la pluie même ne dissout qu'à la longue ; les maux insoutenables au foie sont réduits à rien, mais il souffre sous l'orifice de l'estomac, depuis qu'il n'a plus de poudre ; cependant ses évacuations continuent, et n'ont besoin que d'être stimulées par votre remède, dont il sent encore le travail. Remarquez qu'avant la cinquième prise, il n'avoit de garderobe que par des lavemens. Laisserez-vous périr un individu ici, parce que vous avez à vous plaindre de la faculté de Paris ? Non, Monsieur, etc.

Signé BLARENGHIEN.

Lettre de M. Savarin, médecin, à Lille en Flandre.

Lille, 8 mars 1780.

MONSIEUR,

LE récollet de M. le comte *de Blarenghien* se promène ; c'est un miracle ; et, enfin, tous ceux qui font usage de votre poudre se guérissent ; &c.

Signé SAVARIN, médecin.

Lettre de M. de la Labordere, conseiller d'Etat, premier médecin de mgr. Comte d'Artois.

Versailles, 5 avril 1780.

JE sais, monsieur, que vous faites faire, en ce moment, des expériences de votre remède, qui ne laisseront aucun doute sur son efficacité. Comme je

J'ai déja mis en usage avec succès ; je le préfere à tout autre traitement. J'ai deux malades qui en ont besoin, dont un va à la campagne, et l'autre sera à ma portée. En conséquence, monsieur, je vous prie de m'envoyer de votre poudre une trentaine de prises, avec le prix que vous y mettez. Comme ces deux malades sont militaires et pauvres, je connois trop votre façon de penser, pour ne pas être plus que persuadé des égards qui vous occuperont. Quant à moi, monsieur, je serai fort aise d'avoir de nouvelles preuves de rendre justice à votre remède, et de vous convaincre des sentimens d'attachement avec lesquels, etc.

Signé DE LA BORDÈRE.

Lettre de M. Portal, professeur de médecine au collège royal de Paris.

Paris, 30 octobre 1780.

MONSIEUR,

JE suis enchanté, vous devez bien le croire, du succès que vous avez eu, dans la nouvelle épreuve de votre remède. J'ai vu avec plaisir mon certificat confirmé par le jugement d'un grand cortége de médecins et de chirurgiens : on auroit cependant pu le restreindre un peu moins, etc.

Signé PORTAL.

Lettre de M. le curé de Villeneuve.

Villeneuve, 25 mai 1781.

MONSIEUR,

MERCREDI dernier, j'ai eu l'honneur de vous faire le détail du cruel état où se trouvoit, Montant, notre chirurgien, qui, depuis dix jours, éprouvoit des douleurs si vives, qu'il a été trois fois en un jour, la semaine dernière, sans connoissance, et qu'on craignoit pour sa vie. Je ne sais si vous me le pardonnerez, mais ne pouvant plus tenir à ce spectacle, et huit jours étant trop longs à attendre, j'ai pris sur moi de lui faire prendre, mercredi soir, une prise de votre poudre, qui a opéré l'effet que j'en attendois. Le malade, qui avoit lassé quatre personnes, plusieurs nuits auparavant, et la veille même, les a laissé reposer cette même nuit. Ses souffrances sont devenues plus supportables ; il a même reposé sur le matin. La nuit d'hier à aujourd'hui, vendredi, il a été plus calme et le sommeil un peu plus long. Il commence à remuer le corps, qui étoit une masse ; pour lui faire faire le moindre mouvement, il falloit plusieurs minutes, et, pour les besoins de la nature, on le mettoit de côté sur le bord du lit, et là, la nature se déchargeoit comme elle pouvoit. Tel étoit l'état du malade ; n'est-ce pas une bonne œuvre que j'ai faite ? Il m'a fait le récit de ce qu'il a éprouvé intérieurement : il lui sembloit, dit-il, que c'étoit autant de petits vers qui se détachoient et remuoient, sur-tout dans la partie la plus malade, au défaut de la hanche et le long de la cuisse gauche : il désire ardemment une seconde prise ; la lui donner, ce seroit rendre le plus grand service, &c.

Signé DE PLAINPOINT, curé.

Lettre de M. Savarin, médecin à Lille en Flandre.

Lille, 24 septembre 1781.

MONSIEUR,

MALGRÉ les jaloux, je guéris, et je n'ai éprouvé jusqu'à présent, aucun reproche de tous ceux que j'ai entrepris. Il est inconcevable les différens accidens que j'ai détruits avec votre poudre, &c.

Signé SAVARIN, médecin.

Lettre de madame Arthaud.

Besançon, 30 septembre 1782.

MONSIEUR,

L'INTÉRÊT que vous paroissez prendre à mon amie, s'accorde avec mon empressement à vous en donner des nouvelles. Vos poudres font miracle ; notre malade va tout au mieux ; plus d'accidens fâcheux, c'est-à-dire, plus de vertiges, plus de syncopes, bon appétit, bon sommeil, et les forces reviennent. Que vous dire de plus, c'est vous en dire assez pour vous engager à envoyer les trois autres prises promises, &c.

Signé ARTHAUD.

Lettre de M. Savarin, médecin, à Lille en Flandre.

Lille, 28 mars 1783.

MONSIEUR,

.......JE ne suis point étonné de tous les succès que vous avez eu la bonté de me marquer de la poudre ;

il y a long-temps que j'ai dit qu'on devroit élever des autels à l'auteur. Certainement la faculté ne s'attendoit pas à cette incomparable découverte, et sa résistance en est moins blâmable, &c.

Signé SAVARIN, médecin.

Lettre de M. Bertrand de Saint-Ouen.

A Lartibonnite, 18 octobre 1783.

MONSIEUR,

......MONSIEUR *de Bongard* a reçu une lettre de M. *Dupré de St.-Maur*, Intendant de Bordeaux, dans laquelle il fait le plus grand éloge des poudres, et annonce que M. *Bujac*, négociant de Bordeaux, en emporte une quantité, pour établir un bureau au Cap, dans lequel toute la colonie trouvera cet excellent remède, &c.

Signé BERTRAND de St.-Ouen.

Lettre de M. Faivre, chirurgien-major de l'hôpital de Besançon, à M. Faton, subdélégué de Quingey et Salins.

MONSIEUR,

VOUS avez bien voulu me confier une partie de votre dépôt de poudre de M. *de Godernaux*; vous m'avez mis dans le cas de soulager des malades qui auroient infailliblement succombé sous leurs maux ; il est juste que je vous paye le tribut de reconnoissance que je vous dois, en vous rendant compte des cures que j'ai opérées.

Vous avez su qu'en 1780, M. *le Clerc*, médecin,

inspecteur-général des hôpitaux, m'avoit remis 100 prises de ces poudres, que j'avois prises chez moi. Deux hommes et deux femmes les plus maléficiés possibles ; une de ces femmes étoit grosse et avoit une vérole ancienne bien constatée ; elle accoucha heureusement, et les symptômes vénériens disparurent.

La seconde, âgée de 22 à 23 ans, avoit la vérole depuis 7 ans au moins ; elle en portoit des preuves depuis la tête jusqu'aux pieds ; elle étoit maigre, ridée et paroissoit épuisée ; elle avoit le teint livide et la peau sèche et écailleuse. Pendant son traitement, elle reprit de l'embonpoint, de la fraîcheur, la peau devint douce et unie, son sein, de flasque et pendant qu'il étoit, reprit de la fermeté et de la consistance au point d'annoncer la plus belle santé et la fleur de la jeunesse.

Les hommes ont été pareillement guéris, le procès-verbal qui fut dressé pour lors, en fait foi.

Quelque-temps après je fus consulté par une dame de cette ville qui venoit d'essuyer trois traitemens par les frictions, et deux avec la liqueur de *van Swieten*, les uns et les autres très-méthodiques, pour des ulcères qu'elle avoit dans la gorge. Elle étoit d'un épuisement absolu, avoit perdu l'appétit, et ne pouvoit prendre une goutte d'eau, qu'elle ne revînt par le nez. A peine pouvoit-elle se traîner de son lit à une chaise longue. Craignant d'échouer, comme mes confrères, dans la cure de cette maladie, je me déterminai à lui administrer des poudres ; elle étoit si foible, que je divisai d'abord la prise en trois, puis par moitié ; voyant ma malade reprendre de l'appetit, de la force et du sommeil, l'ulcère se déterger, les alimens passer aisément dans l'œsophage, je donnai la prise entière (en tout elle en prit 15). Elle a été parfaitement guérie, est plus agissante, plus forte que jamais, soigne sa famille, et en fait les délices.

M. . . . . . avoit été traité deux fois par les frictions
pour un ulcère qui, après avoir détruit le voile du
palais, en avoit cavé les os, ainsi que le vomer ou
cloison du nez ; à peine pouvoit-il se faire entendre,
et tout ce qu'il prenoit d'alimens, soit solides, soit
liquides, revenoit par le nez. L'ulcère rongeoit toujours quand il vînt me consulter : je lui ai fait prendre des poudres, l'ulcère s'est cicatrisé, et les os exfo-
liés n'ont pu se reproduire ; mais au moyen d'un
obturateur, il parle et avale aussi librement qu'avant sa
maladie.

J'ai encore à vous entretenir, monsieur, d'une cure
que je peux dire publique, puisqu'elle se fait à l'hôpital
dont je suis chargé.

Le nommé *Condé*, grenadier au régiment de Cham-
pagne, est entré à l'hôpital S. Louis, avec un bubon
cancereux à l'aine gauche, les bords en étoient durs
et renversés : je suivis la méthode ordinaire dans ces
maladies ; les bains, le petit lait, la diète blanche,
les adoucissans, enfin, furent d'abord employés ; les
pansemens se firent simplement et avec le plus grand
soin de ne pas irriter : Malgré mes précautions, la
plaie est allée de mal en pis, les bords se sont renversés, sont devenus plus calleux encore ; je les ai em-
portés avec l'instrument ; je les ai cautérisés ; j'ai employé successivement le mercure, les anti-scorbuti-
ques, les pillules de ciguë, le quinquina, tous mes
soins ont été infructueux, ainsi que les remèdes ; la
plaie faisoit des progrès horribles (elle est venue à 55
pouces de circonférence).

Le plus petit mouvement que faisoit le malade,
occasionnoit des hémorragies abondantes qui le ré-
duisoient à un dégré de foiblesse inquiétante ; vingt
fois, il a été désespéré. Ce fut dans un de ces momens
de crise que je proposai les poudres de M. *de Godernaux* à M. *de Maledent*, capitaine commandant de

ce

ce régiment. Cet officier, aussi zélé que sage, m'exhorta à en faire usage pour ce malheureux grenadier, que nous croyions tous perdu. Je fis ici, comme pour la dame dont je vous ai parlé plus haut : je partageai les prises qui ne laissèrent pas que de le tourmenter ; mais à mesure qu'il en prenoit, je voyois les chairs reprendre de la consistance, et les bords de la plaie s'affaisser ; le malade, absolument dégoûté auparavant, demandoit des alimens solides, je lui en fis donner petit à petit, et j'augmentai les doses de poudre. Enfin, la plaie se borna, et la cicatrice s'annonça ; je continue les poudres, et, à ce moment, la plaie est réduite à la largeur d'un écu de six livres ; il n'y a plus de callosités, la suppuration est bonne, et annonce une guérison prompte.

Vous concevez bien, monsieur, que je pourrois encore vous citer d'autres observations, mais je me borne à celle-ci, pour ne pas être trop long, et parce que les méthodes des frictions et du sublimé, employées avec sagesse, n'ont pas réussi, et que j'ai trouvé dans les poudres le vrai spécifique ; car les deux femmes que j'ai traitées chez moi, l'avoient été précédemment, avec ces remèdes.

Encore un mot des dartres ; vous savez, monsieur, que c'est une maladie redoutable pour la médecine, qui a presque toujours échoué dans leur traitement. En général elles sont très-rebelles, et si quelquefois nous les voyons disparoître par l'usage de nos remèdes, nous avons le désagrément de les voir repulluler de nouveau quelques mois après. J'en ai traité et en traite encore avec vos poudres ; tout m'annonce du succès ; mais ce que je ne conçois pas, et que je vous serai obligé de m'expliquer, c'est que des malades qui avoient fait usage de ces poudres, n'en éprouvoient aucun soulagement ; je leur ai donné de celles que vous m'avez remises, le mieux a suivi de près. Les au-

D

tres paroissoient cependant être de la même fabrique ; seulement elles étoient plus jaunes, et le paquet n'étoit pas cacheté, ce qui m'a fait soupçonner de la contre-faction : Vous me ferez vraiment plaisir de me dire s'il s'en est distribué de cette espèce : Dans le cas con-traire, vous sentez, Monsieur, combien il est avan-tageux que mon petit magasin soit bien fourni ; à cha-que moment on m'en demande : Si je viens à en manquer, on ira à la manufacture de contrebande, les cures ne s'opéreront pas, et, par contre-coup, les vraies poudres tomberont dans le discrédit.

C'est pour le bien de l'humanité que je vous parle. Tous les médecins et chirurgiens conviennent qu'il est des espèces de véroles qui résistent à nos remèdes les mieux administrés ; le virus dégénéré ne semble plus attaquable par le mercure, sous quelque forme qu'il ait été donné jusqu'à présent : Les poudres de M. *de Godernaux* réussissent dans les cas désespérés. Tâchez donc de nous mettre à portée de ne pas laisser périr nos malades faute de secours, &c.

Signé FAIVRE.

Lettre de M. Savarin, médecin, à Lille en Flandre.

Lille, 4 juillet 1784.

MONSIEUR,

........IL est en tout spécifique, c'est ce qui me fait es-pérer que les jaloux de notre art ouvriront bientôt les yeux ; il est incroyable, les belles cures que j'ai faites ici, lorsque le temps vous le permettra, je vous prie de me renvoyer des poudres, etc.

Signé SAVARIN, médecin.

Certificat de M. de Formanoir , âgé de 64 ans.

VERS le mois de Mai de l'année dernière 1783, j'eus un rhume de cerveau considérable , que je fis passer tout-à-coup, par un de ces remèdes que l'on appelle de Bonne-Femme. Peu de jours après , je ressentis un mal de tête assez violent , un mal-être universel , et je remarquai que j'avois un jour de moins souffrant que l'autre. J'étois à 10 lieues de Paris, et me mis en marche, un de ces mauvais jours, le frisson bien marqué (car j'en avois eu déja deux , sans y faire beaucoup d'attention) me prit en chemin ; et à la dînée , je délibérois si je pourrois achever les quatre lieues qui me restoient à faire ; enfin , j'arrivai à Paris , avec une très-grosse fièvre et un mal de tête affreux : Le médecin me vint voir le lendemain , et n'ordonna rien qu'il n'eût vu le deuxième accès , qui fut encore plus violent, frisson de 4 à 5 heures, et du transport dans la fièvre. Il me purgea le lendemain , sans succès , pour la fièvre , qui me reprit , et je fus pendant onze jours à ce régime, c'est-à-dire, un jour la fièvre, l'autre purgé , et de l'émétique une fois. Dès la quatrième médecine, il me prit une attaque de nerfs qui m'a toujours continué depuis, toutes les nuits du jour que je n'avois pas eu de fièvre. On m'ordonna des bains, il n'y avoit que ce remède qui pût appaiser l'agitation de ces douleurs que je ressentois, mais c'étoit un remède momentané, car j'ai été trois mois dans cet état. On m'ordonna le quinquina, que je ne voulus pas prendre, aimant mieux essayer d'une espèce de sirop qu'on m'avoit dit être bon contre la fièvre , et qui ne m'a rien fait : Enfin, au bout de trois mois, étant maigre , changé,

D 2

n'ayant ni appétit, ni sommeil, et me croyant presque
sans ressource pour recouvrer la santé, je pris une
prise de la poudre de M. *de Godernaux* ; je sentis,
quelques heures après, qu'elle agissoit dans la tête ;
mes yeux, qui s'éteignoient, revinrent insensiblement ;
je n'eus qu'un très-petit ressentiment de fièvre le lendemain, et elle fut tout à fait coupée : je pris quatre
autres prises, peu à peu l'appétit et le sommeil revinrent, et je fus en état d'aller en campagne pour me
remettre tout-à-fait. J'eus cependant encore quelques
accès de fièvre et du dévouement pour avoir trop
mangé de choses mal-saines, comme fruits et salade ;
j'eus un accès de fièvre, le 1 septembre, avec frisson ;
je pris une prise de poudre, et depuis elle n'est pas
revenue, et me suis bien porté et engraissé. Fait à
Paris, le 22 août 1784.

Signé FORMANOIR.

---

*Lettre de M. Berruyer, major du deuxième
régiment des Chasseurs à cheval.*

Pontivy, 15 septembre 1784.

.... V ous dire que je ne voulois vous écrire que
lorsque mes malades seroient sur pied, et qu'ils seroient parfaitement guéris : ils le sont au-delà de
tout ce que je pouvois attendre ; mon régiment en
entier est même étonné d'une cure que j'ai faite sur
un dragon qui avoit été manqué trois fois dans différens hôpitaux, et qui tomboit en pourriture ; c'est
celui-là que j'ai entrepris le premier. Son corps sup-
puroit de toute part ; je l'ai guéri radicalement,
au point qu'il a monté la garde aujourd'hui, pour
la première fois, ayant cessé tout espèce de service

depuis un an et plus. Voyant que cet homme ne pouvoit pas guérir aux hôpitaux du roi, nous avions été sur le point de lui donner son congé absolu, bien persuadé qu'il auroit été mourir au premier coin, ne pouvant plus marcher. Je priai de suspendre l'exécution de son congé ; je fis loger cet homme à-portée de moi, pour le veiller et lui administrer vos poudres de manière à en être sûr. Cet homme a souffert dans le commencement des tourmens affreux, parce qu'il étoit dans un état à faire horreur à l'humanité ; il ne pouvoit presque pas remuer, couvert de dartres, et infectant par-tout où il passoit.

Hé bien ! mon cher chevalier, cet homme m'a donné bien de la peine ; mais certainement j'en suis bien dédommagé par la reconnoissance de ce malheureux, qui me disoit ce matin, que, pendant sa maladie, toutes les fois que j'allois le voir, lorsque j'étois sorti, il baisoit, dans sa chambre, les pas où j'avois marché, et qu'il ne reconnoissoit d'autre père que moi : Enfin, mon cher chevalier, vos merveilleuses poudres, non-seulement ont rendu cet homme à la vie, car certainement il seroit mort sans vous ; mais vous pouvez dire, avec juste raison, que vous avez donné un sujet de plus au roi. Il a pris soixante-trois prises, et, quoique parfaitement guéri, je veux qu'il en prenne encore 7, en observant l'intervalle nécessaire. Je l'ai fait mettre, nu, hier, devant tous nos Messieurs ; cet homme, qui étoit tout pourri, pustulant de toute part, a actuellement le corps le plus sain, n'a pas un seul bouton, et a recouvert ses forces au point qu'il fait son service comme s'il n'avoit pas été malade.

J'en ai traité deux autres, mais qui n'étoient pas aussi malades, et qui ont été parfaitement guéris, sans qu'ils aient cessé un seul instant leur service, montant tous les deux jours à cheval pour manœuvrer , et n'ayant d'autre nourriture que celle de leur chambrée.

Voilà mon traitement fini , à sept prises près ; il m'en reste encore huit , que je garderai comme mes yeux , pour moi , dans le cas où je serai incommodé indifféremment. Je n'ai jamais si bien connu le mérite et les vertus de votre poudre , que je les connois actuellement. Tous ceux qui ont vu ma cure la regardent comme un miracle , &c.

Signé BERRUYER , major.

Autre lettre de M. Berruyer , major du deuxième régiment des chasseurs à cheval.

Pontivy , 4 novembre 1784.

.... VOUS vous êtes prêté avec trop de noblesse et de bonté pour mes dragons , pour que je ne vous témoigne pas toute leur vive reconnoissance. Il y en a quinze qui n'oublieront jamais les services que vous leur avez rendus. Ils sont tous parfaitement guéris ; je les ai traités , sans qu'aucun d'eux ait discontinué un seul instant de faire son service , et même de manœuvrer à cheval tous les deux jours , n'ayant d'autre régime que celui de leurs camarades à la chambrée.

Je peux vous assurer , mon cher ami , qu'il n'y a pas de jour que je ne trouve sur mes pas de mes chasseurs que j'ai traités , qui me disent qu'ils se portent bien , grâce à moi ; je leurs dis que c'est grâce à vos poudres. Ils m'ont chargé de vous en témoigner , pour eux , leur vive reconnoissance , et combien ils désireroient de faire la guerre avec vous , &c.

Signé BERRUYER , major.

Autre lettre de M. Berruyer , major du deuxième régiment des Chasseurs à cheval.

Pontivy , 14 janvier 1785.

.........PRISES de poudre , mais je les garde comme un trésor , car les premières que j'avois , ont fait des miracles ; sur-tout , j'ai guéri un de nos brigadiers , qui , depuis trois ans , ne faisoit qu'aller d'hôpitaux en hôpitaux , et ayant toujours la vérole la plus affreuse. Ce malheureux auroit fini par pourrir , sans moi ; mais encore plus sans vous ; car , avec trente-deux prises , je l'ai guéri radicalement , aux yeux de tout le régiment et de mon colonel , qui doutoit fort de ma réussite. Enfin , j'en suis venu à bout , et ils le voient ici tous les jours bien portant ; ils l'entendent dire continuellement que, sans moi il seroit mort et enterré , &c.

Signé BERRUYER, major.

Lettre de M. Vaume , médecin à Bruxelles.

Bruxelles , 22 janvier 1785.

.........NOS médecins les plus en réputation se sont convaincus que les poudres étoient excellentes ; j'en ai encore envoyé, il y a cinq jours , quatre paquets à un de ces médecins qui tiennent ici le haut du pavé, qui étoit ci-devant incrédule , et qui ne cesse de se louer du remède. Monsieur , un de nos premiers chirurgiens m'en a pris et payé douze paquets , &c.

Signé VAUME , médecin.

D 4

Lettre de M. le marquis de Chérisei, cordon rouge, lieutenant-général des armées du roi.

Chérisei, 21 mars 1785.

..........JE viens d'opérer, en deux fois vingt-quatre heures, en présence de ma famille rassemblée, deux cures superbes ; l'une, mon receveur, qui m'est un homme précieux. Il y a aujourd'hui trois jours qu'il lui a pris une attaque qui le rendoit perclus de la moitié du corps : joint à cette maladie un asthme considérable, qu'il possède depuis long-temps. Il étoit neuf heures du soir ; je lui ai administré une poudre ; je ne l'ai pas laissé coucher qu'il n'eût bu deux bonnes tasses de thé d'heure en heure, après quoi je l'ai laissé coucher ; trois personnes étoient fatiguées de le remuer continuellement ; les poudres l'ont purgé quatre fois pendant la nuit, et autant dans la journée ; la paralysie a disparu au point que, dans les vingt-quatre heures, il a été, tout seul, faire le tour de mon jardin, et la parole est bien revenue. Mon autre cure est une pauvre femme de mon village, qui se mourroit hier : Voici son état. Il y a 25 ans qu'elle a eu un lait répandu qui lui a occasionné deux ulcères aux deux jambes, qui suintoient toujours en écoulement, depuis ce temps : Il y a huit jours que cela s'est arrêté, souffrant des douleurs horribles, avec la fièvre, et n'ayant pu prendre une once de nourriture, que de l'eau fraîche. Je lui ai fait donner une prise de poudre hier au soir ; j'ai été la voir ce matin : cette pauvre malheureuse, lorsqu'elle m'a vu, a joint les mains et m'a remercié comme son sauveur ; elle a évacué six fois, l'écoulement est reparu, et pas la moindre fièvre, etc.

Signé, le marquis DE CHÉRISEI.

Lettre de M. Berruyer, Major du deuxième régiment des Chasseurs à cheval.

Philippeville, 4 juillet 1785.

........J'ai guéri beaucoup de mes Dragons de fièvre seulement, que l'on avoit presque épuisés avec le quinquina et autres drogues, sans avoir pu parvenir à leur couper la fièvre. Ces mêmes hommes ont été guéris avec quatre à cinq prises de poudre que je leur ai données. Voilà, etc.

Signé BERRUYER, Major.

Certificat de M. Lobo, habitant de Saint-Domingue.

Je soussigné habitant de Saint-Domingue, certifie qu'ayant eu, pendant quinze mois, sans interruption, un mal d'estomac qui me faisoit aller nuit et jour à la garderobe, 30 ou 40 fois, avec irritations et colliques souvent très-violentes ; et qu'étant de plus obstrué dans plusieurs parties de mon corps, j'ai eu, pendant presque tout le temps, la fièvre avec de fréquens vomissemens, ce qui m'avoit jeté dans un état de foiblesse et de dépérissement le plus dangereux : Que n'ayant pu obtenir le moindre soulagement des remèdes qui m'avoient été ordonnés, j'avois été condamné, par les gens de l'art et toutes les personnes qui me connoissoient. Que moi-même, me croyant sans espérance, l'on me conseilla de venir en France, où je suis arrivé à la fin du mois de juin dernier, dans l'état le plus triste ; qu'enfin, ne sachant plus à quel remède avoir recours, je me déterminai à prendre les poudres

de M. *de Godernaux*, si je pouvois en avoir de véri-
ritable ; et qu'ayant eu le bonheur de m'en procurer, j'ai,
par leur usage , obtenu le rétablissement entier de ma
santé, à la foiblesse près de mes jambes, qui n'ont
point encore toute leur force , lorsque je marche un
peu long-temps ; car d'ailleurs , je ne me sens plus
aucun mal ; je digère et dors si bien , depuis deux
mois, que je compte m'en retourner au plutôt à Saint-
Domingue ; mais , avant que de m'embarquer , j'ai
cru devoir rendre justice à un remède auquel je dois la
vie. En foi de quoi , j'ai signé le présent certificat. A
Paris , dans l'hôtel de Bellevue , le 6 janvier 1786.

Signé LOBO.

---

*Lettre de madame de Kerlegand, Négociante,
à Nantes.*

Nantes , 10 janvier 1786.

JE ne puis , monsieur, m'exempter de vous citer
un exemple de vos poudres, qui ont fait un effet aussi
surprenant que merveilleux. Une pauvre fille abandon-
née des chirurgiens et de tout le monde , ayant deux
ulcères des deux côtés du ventre, où l'on voyoit les
boyaux, un autre au milieu où l'on voyoit les intestins,
un sein qui ne tenoit presque plus , un bras où l'os étoit
à découvert , enfin , c'étoit une horreur. Voilà, monsieur , l'état où elle étoit, lorsque nous l'avons entre-
prise avec vos poudres. Elle est presque guérie, malgré
le peu de ménagement qu'elle a eu , couchée sur les
carreaux , étant la plupart du temps sans avoir de quoi
subsister. Elle a pris environ vingt prises , etc.

Signé KERLEGAND.

Lettre de M. Arquier, prêtre et vicaire à Saint-Cannat, en Provence.

Saint-Cannat, 26 avril 1786.

MONSIEUR,

LE sieur VIGNEAU, maître en chirurgie de ce lieu, m'ayant conseillé de prendre votre poudre dans l'état d'infirmité où je me trouvois l'année dernière, un nombre de prises m'a suffi pour me mettre dans l'état de santé où je suis depuis cinq à six mois. Cette poudre, non seulement me servoit de purgation pour nettoyer mon estomac, mais encore elle servoit à purifier la masse du sang. Je ne saurois vous dire le bien qu'elle a opéré dans mon corps, pour lors très-affoibli par une espèce d'ébullition, depuis les reins jusqu'à la plante des pieds, les bras et le cou en étoient aussi atteints, mais cette poudre bienfaisante a réparé le tout. Je souhaiterois, etc.

Signé ARQUIER.

Lettre de M. Vaume, Médecin, à Bruxelles.

Bruxelles, 1 novembre 1786.

MONSIEUR,

......JE m'apperçois que mes confrères les plus en réputation dans cette ville, commencent à en faire usage, après m'avoir blâmé hautement de les avoir adoptées. J'espère dissiper le peu d'envieux qui verbiagent encore contre les poudres ; les cures surprenantes

que j'ai faites et réitérées sous leurs yeux , les rédui-
ront au silence , etc.

Signé VAUME , Médecin.

Lettre de M. de Marassé , Brigadier des Armées du Roi.

Mareuil-sur-Ay , 25 décembre 1786.

Il y a deux ans et demi, Monsieur , que vous me fites l'amitié de me donner dix prises de votre poudre ; j'en ai fait un très-bon usage ; j'ai guéri une jeune personne d'une espèce de dartre qui lui étoit venue dans le nez et au-dessus de la lèvre supérieure. Elle étoit très-tenace , et avoit résisté à plusieurs remèdes. J'appris que cette jeune fille avoit eté cruellement atta- quée d'engelures , sur-tout aux mains et aux bras , au point qu'elle y avoit des crevasses quatre mois de l'hiver , et qu'on lui avoit fait passer les engelures par des applications sèches d'écailles d'huîtres calcinées et pulvérisées ; alors , je ne doutai point que l'humeur n'eût reflué dans le sang , et qu'elle ne se fût fixée sur la mem- brane pituitaire , et le long du dedans du nez. Je lui dis que je la guérirois , si elle vouloit prendre ce que je lui enverrois. Ses parens et elle y consentirent ; elle a pris en deux mois , cinq prises de votre poudre , dont elle en a fait dix , en les partageant par moitié. Elle a suivi le régime prescrit par le petit imprimé que je lui ai envoyé. Je l'ai vue , avant-hier , elle m'a paru guérie et elle m'a assuré , en me remerciant , qu'elle n'avoit plus aucune affection dans le nez , qu'elle respiroit et mouchoit facilement , et sans douleur. Ainsi voilà , monsieur , encore une guérison par votre poudre , qui n'est sûrement pas un mal vénérien. Elle est donc bonne pour plus d'une maladie , etc.

Signé DE MARASSÉ.

Lettre de M. Dastugue, Chirurgien.

Armissan, 6 février 1787.

MONSIEUR,

ATTEINT, depuis dix ans, de douleurs rhumatiques qui m'affectoient tantôt une partie, tantôt l'autre, et tantôt tout le corps, au point de ne pouvoir remuer dans mon lit, qu'en jettant les hauts cris, et qui m'avoient réduit, malgré les remèdes les mieux indiqués mis en usage, dans un état si déplorable, que j'aurois volontiers désiré la mort, s'il me l'eût été permis, pour terminer mes souffrances.

Dans cet état désespéré, je trouvai, en lisant le *Courier d'Avignon*, une annonce de votre poudre unique; je m'informai, avec mes confrères, de l'effet de ce remède; il n'y en eut aucun qui l'eût mis en usage, ni qui voulût me conseiller de l'éprouver. Mes souffrances, quasi continuelles, me firent franchir toutes ces difficultés, et le 12 septembre dernier, je pris une demi-prise de votre poudre avec toutes les précautions qu'exigeoit un remède inconnu. Je suai d'abord abondamment; puis j'évacuai des glaires, par deux différentes fois, à quatre heures d'intervalle, par le vomissement; et malgré quelque anxiété qui me survint, un moment avant, je fus aussi tranquille après le vomissement, que si je n'avois pas vômi; car, après cela, je dormis quatre heures d'un profond sommeil, contre mon ordinaire, après lequel suivirent des déjections glaireuses et sanguinolentes, qui me firent ressentir des cuissons vers l'esfincter de l'anus, que j'appaisai de suite par le moyen d'un lavement. Je serois trop long, et je craindrois d'abuser de votre patience, si je vous racontois, mot par mot, la marche de cet admirable remède : Je vous dirai seulement, que le réfultat fut tel, qu'après la prise entière, je fus délivré absolument de mes douleurs, qui commencèrent de retourner ; quinze jours après, j'en ai été entièrement délivré par le moyen de sept prises, que je pris dans l'intervalle de deux mois. Un remède aussi merveilleux devroit être plus connu, etc.

Signé DASTUGUE , Chirurgien.

Copie d'un certificat de M. de la Salle.

UNE fille du portier du collége de Cluni avoit eu la petite vérole à neuf ans. Il lui étoit resté une humeur qui se jettoit, le plus souvent, sur les yeux, et quelquefois sur le bas-ventre. Elle avoit porté sur la nuque du col pendant plus de dix mois, à différentes fois, un vessicatoire, pour déraciner cette humeur et la détruire. Ce remède n'avoit produit aucun effet. En 1781, elle fut saisie d'une fièvre putride inflammatoire, avec une surdité complette et la vue presque éteinte. Elle avoit alors dix ans et démi. Elle resta six jours dans ce dangereux état, sans que le père et la mère appellassent du secours, et sans en avertir ses maîtres. Au bout de ce temps, ils prirent, enfin, le parti d'en parler. On mande sur le champ le médecin de la maison, qui, lorsqu'il eut vu et examiné la malade, décida qu'il n'y avoit plus de reffource, qu'elle ne passeroit pas la nuit : Il étoit alors six heures du soir. Un monsieur du collége de Cluni, M. *Delatre*, qui avoit été abandonné des médecins comme poitrinaire, et qui s'étoit déterminé à faire usage des poudres de M. *de Godernaux*, en ayant éprouvé un effet des plus heureux (il se porte, depuis ce temps-là, très-bien) ; ce monsieur se détermina à lui faire prendre

de ces poudres. Elles lui furent administrées par quarts
de prises. Les trois premiers jours, la fièvre fut aussi
violente, mais la malade vivoit. La nuit du troisième
au quatrième jour, la malade fut plus tranquille, et,
le matin, on trouva sur son oreiller une trace de pus:
après bien des recherches, on apperçut que ce pus
étoit sorti par l'oreille. La malade continuoit à être
sourde et à ne pas voir; la fièvre étoit la même. Vers
une heure de l'après-midi, on vint m'appeler parce
qu'elle vomissoit le sang à gros bouillons. Cela dura
un bon quart-d'heure. Ce sang empoisonnoit; mais
après, la malade se trouva soulagée, le pouls devînt
réglé, et elle mangea avec appétit. Il lui vînt, après
cela, une enflure sur la joue gauche, et, le surlen-
demain, on lui tira de la bouche un morceau de
chair pourri. Depuis ce temps-là, la malade s'est portée
de mieux en mieux, elle a pris pendant un mois, de
temps à autre, des quarts de poudre. Elle ne se resent
plus de son humeur.

Signé DE LA SALLE, Sous-Prieur.

---

*Lettre de M. Verdone, médecin de son excel-
lence l'ambassadeur de Naples.*

A Paris, le 18 avril 1790.

IL est juste, monsieur, que vous participiez aux
complimens sincères, qui m'ont été prodigués par un
de mes frères, chanoine à Rome, qui désolé de
l'inutilité d'une infinité de traitemens qui lui ont été
administrés, pendant quatre ans, par les plus habiles
médecins du lieu, pour combattre une énorme obstruction de foie, de laquelle en sont dérivés une infinité
de symptômes fâcheux; entre autres une anasarque
bien caractérisée, soit inexprimable, une toux con-
tinuelle et spasmodique, accompagnée de fréquens

crachemens de sang et une stupeur presque paralytique, sur tout le côté droit, etc., etc. Désolé, dis-je, de ne voir que des progrès fâcheux de sa maladie, sans aucune apparence de soulagement ; il m'écrivît, en termes fort touchans, pour me prévenir de sa fin prochaine, et du genre d'arrangement qu'il avoit disposé pour ses affaires.

Me rappelant des services surprenans que votre divin remède m'a procuré toutes les fois que j'y eu recours, je me déterminai à lui en envoyer dix-huit prises qui me restoient alors ; et je bornai-là seulement toute mon espérance.

Elle n'a pas été démentie ; vous, monsieur, et tous les plus habiles médecins seroient surpris certainement des effets incroyables que ces poudres précieuses lui ont opérés dans l'espace de six semaines. J'abuserois de votre patience en grossissant la présente, par le récit détaillé des crises qui ont fait disparoître successivement tant de symptômes horribles, sous le poids desquels mon pauvre chanoine alloit succomber ; l'obstruction fondue, bref, il est maintenant parfaitement guéri.

Si je n'avois pas craint d'abuser de vos momens, j'aurois eu l'honneur de venir personnellement vous en signifier mes sincères remercîmens, par les sentimens de la plus vive reconnoissance.

Je suis enchanté de savoir que mon frère sera pour le restant de ses jours une des trompettes de vérité, pour avertir le genre humain dans ces contrées-là du grand secours que la providence lui a accordé dans les maux désespérés par l'administration de votre remède merveilleux.

Je me propose bientôt de me rendre dans ce pays-là ; je serois fort heureux si vous vouliez que je le fasse connoître en me mettant à même de l'administrer aux infirmes auxquels je pourrois juger pouvoir leur convenir :

convertir : en grace, monsieur, que je puisse coopérer à mon tour au grand bien de l'humanité souffrante, en publiant davantage le trésor inappréciable que vous lui avez découvert ; ce seroit pour mon cœur reconnoissant le moment le plus satisfaisant, si vous vouliez bien m'accorder cette grace. J'ai l'honneur, &c.

Signé VERDONE, M. de S. Ex.
l'ambassadeur de Naples.

Lettre de M. Duparc, chirurgien à Metz.

Metz, le 9 Novembre 1789.

MONSIEUR,

........SOIT accueilli avec la confiance et la distinction que mérite votre remède, il réclame trop impérieusement en faveur de l'humanité, pour que je cesse de le faire valoir avec tout le zèle dont vous m'avez toujours vu occupé ; je viens d'en donner une nouvelle preuve surprenante et miraculeuse dans un homme attaqué d'une péripulmonie des plus considérables ; la poitrine étoit déja fort embarrassée, le pouls intermittent ; on le jugea à mort. Alors je fus appelé ; ne voyant aucune ressource à le servir, je pris sur moi de lui administrer une demi prise de votre merveilleuse poudre : après trois heures de temps écoulé, mon malade eut des évacuations très-abondantes, les crachats de sang furent arrêtés, et trois jours après, une autre demi-prise le rendit convalescent. C'est un malade du village de M. le marquis de Chérisei, etc.

J'ai l'honneur, etc.

Signé DUPARC, chirurgien.

E

Lettre de M. le marquis de Chérisei, ancien commandant des gardes-du-corps, lieutenant général des armées du Roi, cordon rouge.

A Chérisei par Metz, le 4 juin 1790.

JE n'ai pas répondu plutôt, mon cher chevalier, à la lettre, etc. Quand à ma santé elle va très-bien ; je vieillis, mais sans infirmités, grace à votre remède, dont je fais usage quand cela est nécessaire. Il seroit à désirer, lorsque l'assemblée nationale sera un peu débarrassée, de faire un mémoire raisonné de tout ce que vous avez essuyé à ce sujet, et je suis persuadé qu'il feroit effet, et ce seroit un grand bonheur pour l'humanité : j'en ai encore une vingtaine de prise que je conserve précieusement, et tant que je conserverai ma tête, je ne prendrai pas d'autres remèdes (1).

J'ai l'honneur, etc.

Signé CHÉRISEI.

OBSERVATIONS ET INSTRUCTIONS.

IL seroit inutile, après ce qu'on vient de lire, de multiplier les détails rélatifs à l'usage de ce remède, comme anti-vénérien ; les essais faits par ordre du roi en ont assez constaté les succès. Ce spécifique infaillible est donc à cet égard au-dessus des atteintes et de toutes les manœuvres de l'envie. Il est sans doute indigne du caractère et de l'état du chevalier *de Go-*

---

(1) Il y a dix ans que M. de Chérisei ne fait pas usage d'autre remède.

dernaux d'employer les ressources d'un méprisable charlatanisme : mais il est de son devoir d'opposer aux clameurs de la calomnie tout ce qui peut éclairer le public. Après avoir mérité, par ses services, l'estime de tous les militaires, la plus douce récompense du chevalier *de Godernaux* est de consacrer ses jours au soulagement de l'humanité souffrante, et de voir couronner ses travaux par les succès les moins équivoques ; c'est avec sa franchise ordinaire qu'il va mettre sous les yeux du public ce qu'une longue suite d'expériences l'autorise à consacrer dans ses importantes obfervations.

Il est de toute certitude que ses poudres guérissent des maladies dont la plupart ont résisté jusqu'à présent à tous les efforts de la médecine. De ce nombre sont, le yaros, ou pian des nègres, lés écrouelles, le scorbut, les dartres, les érysipelles, les maux de gorges putrides, le flux de sang, la gangrène, les fistules, les anciens ulcères, la jaunisse, les obstructions, les fièvres putrides pourprées, épidémiques, intermittentes ; les fleurs blanches et les laits répandus. Elles sont efficaces contre les rhumatismes, les enflures et les tumeurs indolentes.

Elles préviennent l'apoplexie et la paralysie ; ou en arrêtent les progrès, en en détruisant la cause.

D'après un grand nombre d'expériences, ce remède est très-convenable aux jeunes filles parvenues à l'âge de puberté, et aux femmes dans l'époque critique de leur vie.

Une observation essentielle à faire, c'est que, pour quelque maladie qu'on fasse usage de ce remède, il seroit dangereux de se faire saigner le même jour qu'on l'emploie, et de prendre aucune autre sorte de drogues, que celles qu'on indiquera.

Nous devons prévenir aussi que, souvent il fait tout-à-coup paroître des maux qu'on ne croyoit point avoir, et qui se manifestent par des accidens et des symptômes extérieurs qui peuvent alarmer, tandis qu'ils ne sont que la preuve de son efficacité, de la puissance de son action et de sa propriété spécifique, de fouiller, d'attaquer et de pousser au-dehors toutes les humeurs vicieuses.

Quand on en fait usage contre le scorbut, ce qu'on peut faire même en pleine mer, sans détourner les malades de leur travail ; si les gencives s'échauffent, il faut suspendre quelques jours, et le malade prendra des lavemens simples. On a vu que les soldats guérissent en marche, et sans discontinuer leur service, donc on peut se traiter, même en voyageant. Le remède n'est pas moins efficace contre les fièvres épidémiques qui infectent quelquefois les vaisseaux, sans qu'il soit besoin d'attendre que les malades soient à terre.

Comme il est très-aisé d'imiter l'apparence de ces poudres, on ne sauroit prendre trop de garde aux contrefaçons imaginées par l'avidité, par l'envie et par le désir de nuire. On évitera cette funeste supercherie en ne s'adressant jamais qu'aux adresses désignées à la fin de cette brochure.

La dose ordinaire de ces poudres, convenable pour tout malade des deux sexes, au-dessus de quinze ans, est d'une prise, à moins qu'il ne soit d'un tempérament très-délicat ; auquel cas on ne doit en administrer que les deux tiers, ou même la moitié d'une prise.

La dose pour les enfans, depuis un an jusqu'à trois, est le quart d'une prise ; depuis trois jusqu'à six, le tiers ; depuis six jusqu'à neuf, la moitié ; depuis neuf, jusqu'à douze, les deux tiers ; et depuis douze jusqu'à quinze, les trois quarts.

En général, il faut que la dose soit prise le matin à jeun, amalgamée dans moins d'une demi cuillère à café de miel, ou de corps sirupeux, ou dans, gros comme une noisette, de la pomme rôtie, ainsi que dans toute espèce de gelée : il faut boire tout de suite un verre d'eau ; une heure après, le malade prendra un bouillon foible et bien dégraissé, ou autant de gruau, ou même de thé, exepté du vert, qui est nuisible, ou une bavaroise à l'eau ; une heure après le premier bouillon ; le malade prendra un second bouillon fait, après lequel il pourra manger, s'il veut modérément.

On amalgame mieux la poudre avec la pointe d'un couteau, dans le papier même qui la contient.

Dans certain tempérament, la poudre prise le matin à jeun, n'opère que cinq ou six heures après ; pour remédier à cet inconvénient, le malade, en soupant légèrement, peut prendre, trois ou quatre heures après son souper, une dose le soir en se couchant ; en buvant après la prise, la quantité d'eau prescrite ; il aura soin d'avoir de l'eau auprès de lui en cas de besoin. En faisant usage de ce remède de cette manière, son effet par les selles est plus lent, rarement le malade est-il tourmenté la nuit ; et il fait agir également la poudre, le lendemain matin, avec du bouillon, du gruau ou du thé, et rien ne l'empêche ensuite de vaguer à ses affaires. Les personnes occupées peuvent en faire usage de cette manière.

L'usage de ce remède n'exige point qu'on garde la chambre, même les jours de prise, sur-tout lorsqu'il a opéré, ce qui arrive ordinairement quelques heures après qu'il a été administré.

Le régime est de ne faire usage que d'alimens de facile digestion, sans rejeter néanmoins absolument quelques assaisonnemens légers ; mais il faut s'abstenir de liqueurs fortes, de vinaigre et de tous acides, de lait, de fromage, de viandes et de poissons salés, de salade et de crudité, soit qu'on se trouve obligé de continuer long-temps le remède, ou que l'usage en soit court.

Le signe le plus certain que la poudre opère efficacement, c'est lorsque le malade va quatre ou cinq fois à la garderobe les jours de prise, que le ventre continue d'être libre, et que les urines passent bien. Lorsque le remède ne fait pas aller les jours de prise, et que le ventre n'est pas libre, dans les jours d'intervalle, le malade prendra un lavement simple. Cette précaution n'est jamais nécessaire à la première, ni à la seconde dose, et elle l'est rarement à la troisième et à la quatrième.

Ces poudres opèrent non-seulement par les selles et par les urines, mais aussi par une transpiration douce, sans que le malade courre le risque de s'enrhumer; car les rhumes cèdent pour l'ordinaire à une ou deux prises de ces poudres.

Dans la saison la plus froide, tant que le ventre demeure libre, quand même il s'éleveroit sur la peau une espèce d'ébullition, non-seulement le malade ne court aucun risque de prendre l'air, mais il est, au contraire, utile qu'il fasse de l'exercice, soit à pied, soit en voiture, soit à cheval.

La règle générale, pour répéter l'usage de la poudre, est fondée sur la nature des effets du remède; on va indiquer les intervalles qu'on doit observer entre chaque prise.

On doit en prendre une seconde prise le quatrième jour après la première; une troisième, une quatrième dans les mêmes intervalles : ces quatre prises font souvent un cours régulier de traitement; excepté dans les maladies qu'on indiquera : on continue de même si la guérison n'est pas consommée.

Quand on fait usage des poudres dans les fièvres intermittentes contre lesquelles elles ne manquent jamais; il faut que la dose soit prise une demie heure avant l'accès, et après le troisième ou le quatrième accès. Trois ou quatre doses suffisent, et rarement plus, à moins que ces fièvres ne soient très-anciennes.

Dans les maladies vénériennes, on ne doit laisser que deux jours d'intervalle entre chaque prise, les maladies particulières dans lesquelles on laisse quatre jours d'intervalle, sont,

La fièvre ;

La pleurésie ;

Le flux de sang ;

Le pourpre ;

Les rhumatismes ;

Les laits répandus et les croûtes de lait ;

Les fleurs blanches ;

L'apoplexie et paralysie ;

La sciatique ;

La jaunisse ;

Les dartres ;

Les maux de tête et d'estomac, chronique et habituels.

Les vers chez les enfans et les adultes ;

Les coliques hépatiques, néphrétiques, &c. occasionnées par des sables, des graviers, des pierres, des humeurs glaireuses et épaissies. (1) En un mot, dans tout autre cas que les maladies vénériennes, à moins que le danger ne soit pressant.

En général, quinze ou vingt doses suffisent pour guérir les maladies vénériennes les plus compliquées et les plus opiniâtres. Si pendant son usage, elle n'opère point par les selles, et que le ventre ne soit pas libre, on prendra des lavemens simples, en observant toujours de ne se servir de ces moyens, que dans les jours d'intervalle, et jamais dans ceux où on a pris la poudre. On ne court néanmoins aucun risque de laisser un plus long intervalle d'une dose à l'autre,

---

(1) Il est bon de prendre quelques bains avant l'usage des poudres pour les sables, graviers et pierres ; mais jamais pendant le traitement.

la guérison est moins prompte, mais toujours certaine.

Lorsque la maladie vénérienne est accompagnée de bubons, on y applique tous les jours des cataplasmes de mie de pain et d'eau, et si le malade a des ch.... douloureux, et qui, par l'effet du remède, soient violemment poussés au-dehors, il ne faudra les panser qu'avec du *populeum*.

Comme la cure des écrouelles est longue le premier mois, le malade prendra la poudre tous les cinq jours; et si le ventre n'est pas libre chaque jour pendant le cours du traitement, il faut employer la méthode ci-dessus indiquée. Cette maladie est souvent accompagnée d'ulcères, dans ce cas, il est nécessaire d'y appliquer, tous les matins, un onguent doux.

. Lorsque les écrouelles sont encore bornées à la tuméfaction des glandes, l'application de l'onguent n'est point nécessaire, l'usage de la poudre suffit pour opérer la dissolution.

Dans les fièvres putrides, pourprées ou malignes, et dans les pleurésies, il faut prendre la poudre le second où le troisième jour de la maladie. S'il arrivoit qu'on eût négligé d'administrer la poudre dans le temps prescrit, et que, par les suites de cette négligence, le malade fût en danger, et même à l'extrémité, il faut en délayer une dose avec un peu de miel et d'eau, et la faire avaler au malade à quelque heure que ce soit. On a vu plusieurs personnes abandonnées, rendues à la vie par cette méthode.

La plus grande preuve que ce remède ne souffre intérieurement rien d'impur, c'est qu'il repousse infailliblement au-dehors la petite vérole, les dartres rentrées, et la goutte fixée dans l'estomac.

- Nota. *Les femmes doivent interrompre l'usage des poudres pendant leurs révolutions périodiques, et le reprendre deux jours après.*

La

La composition de ce remède n'est connue que de moi ; il a été introduit par moi : les médecins les plus habiles ne pouvoient l'employer sans les instructions que je leur ai données ; et c'est d'après cette instruction simple et facile, que se sont opérées toutes les cures qui sont insérées dans cette brochure, sans qu'aucun autre moyen y ait coopéré.

Adresses des dépôts où on trouvera les véritables poudres de M. DE GODERNAUX.

S A V O I R :

A PARIS, chez l'auteur, *rue de Paradis*, n°. 5, *au marais ; s'adresser à M.* Matthieu, *tous les jours le matin, depuis* 9 *heures jusqu'à* 1 *; et l'après-midi, depuis* 6 *heures jusqu'à* 9.

A LILLE en Flandre, chez M. *Savarin*, docteur en médecine.

A AVIGNON, chez M. *Bernard*.

A METZ, chez M. *Duparc*, chirurgien.

A LIÉGE, chez M. *Desoer*, sur le Pont-d'Isle.

A BEAUNE, chez M. *Quinet*.

Le prix de ce remède est fixé à quarante-huit sols la prise.

Nota. Chaque prise de poudre est timbrée d'un timbre adopté par le roi, et déposé au bureau de la guerre, représentant 3 fleurs-de-lys dans 2 L. affrontées en feuilles d'acanthe, qui forment un chiffre.

A Paris, de l'Imprimerie de CAILLOT et COURCIER, rue Poupée, n°. 5.